Frankenstein

DIRETOR EDITORIAL:	Raul Maia Jr.
EDITORA EXECUTIVA:	Otacília de Freitas
EDITOR DE LITERATURA:	Vitor Maia
ASSISTÊNCIA EDITORIAL:	Pétula Lemos
PREPARAÇÃO DE TEXTO:	Carmem Costa
ELABORAÇÃO DE TEXTO COMPLEMENTAR:	Claudio Blanc
REVISÃO DE PROVAS:	Ana Paula Santos Flávia Brandão Renata Palermo
PESQUISA ICONOGRÁFICA:	Mônica de Souza
ILUSTRAÇÕES:	Guazzelli
PROJETO GRÁFICO E DIAGRAMAÇÃO:	Vinicius Rossignol Felipe
CAPA:	Vinicius Rossignol Felipe, com ilustração de Guazzelli

**Texto em conformidade com as novas regras
ortográficas do Acordo da Língua Portuguesa.**

**Dados Internacionais de Catalogação na Publicação (CIP)
(Câmara Brasileira do Livro, SP, Brasil)**

Chianca, Leonardo
    Frankenstein / Mary Shelley ; adaptador Leonardo Chianca ; ilustrador
Guazzelli. – 1. ed. – São Paulo : DCL, 2007.

    ISBN 978-85-368-0285-5

    1. Literatura infantojuvenil I. Shelley, Mary, 1797-1851. II. Guazzelli. III. Título.

06-1958   CDD – 028.5

Índices para catálogo sistemático:

1. Literatura infantojuvenil   028.5
2. Literatura juvenil   028.5

1ª edição

Editora DCL – Difusão Cultural do Livro Ltda.
Av. Marquês de São Vicente, 1619, Cj. 2612 – Barra Funda
CEP 01139-003 – São Paulo – SP
Tel.: (0xx11) 3932-5222
www.editoradcl.com.br

Frankenstein

Mary Shelley

Adaptação
LEONARDO CHIANCA

Ilustrações
GUAZZELLI

Sumário

1. Diário do capitão Robert Walton..7

2. Victor Frankenstein..15

3. A caminho de Ingolstadt..19

4. Um incrível laboratório..22

5. Construindo um sonho..25

6. A criatura!..28

7. Agonia e alívio..30

8. Desespero e ódio..34

9. A segunda vítima..38

10. Criador e criatura..41

11. A voz da criatura – os primeiros tempos..46

12. Minha primeira família..49

13. O segredo das palavras..53

14. A revelação..60

15. Maldito criador!..63

16. William Frankenstein..65

17. Alguém para amar..70

18. Escravo da própria criatura..74

19. Insanidade ou libertação?..77

20. Minha querida Elizabeth..81

21. As garras do monstro..86

22. Perseguição mortal..88

23. Diário do capitão Robert Walton..91

O universo de FRANKENSTEIN..97

1. Diário do capitão Robert Walton

ARCHANGEL, 28 DE MARÇO DE 1796

Como o tempo demora a passar por aqui, cercado de gelo e neve por todos os lados! Mas reclamo inutilmente, já que não vou encontrar o que mais me faz falta nesta viagem: um amigo. É certo que não encontrarei um amigo sequer neste vasto oceano, e nem mesmo aqui no Prometheu, entre mercadores e marinheiros que contratei para esta corajosa aventura.

Há muito tempo viajo pela Europa. Estou bastante ao norte de Londres, cada vez mais ao norte, obcecado por um sonho quase impossível, mas que ao menos eu e esses homens acreditamos que pode ser alcançado: chegar ao polo Norte. Hoje, amanhã, ou antes que meus dias terminem, encontrarei uma passagem e alcançarei o extremo do globo. Nem que tenha de sacrificar a minha vida.

Imaginar um lugar em que o Sol é sempre visível, um corpo eternamente presente acima do horizonte, já me anima, me dá forças para enfrentar este inverno terrivelmente severo. Estamos no porto de Archangel, no golfo de Divina. Consegui uma bela embarcação, contratei alguns homens e daqui pretendo seguir para o mar de Barents. Desde que saí de São Petersburgo, há várias semanas, as condições climáticas estão ficando cada vez piores. E não posso pôr tudo a perder bem agora, quando vislumbro, finalmente, a possibilidade de chegar ao objetivo, após anos e anos de preparação.

Como controlar a curiosidade de saber por que a agulha de minha bússola aponta sempre para o mesmo ponto? Fico tremendamente emocionado ao perceber que desbravo regiões nunca antes alcançadas por nenhum outro homem.

31 DE JULHO DE 1796

lgumas fortes ventanias vinham nos assustando de vez em quando, mas hoje nos vimos quase cercados por montanhas de gelo. São impressionantes, parecem mover-se com determinação ao nosso encontro, como se armassem um cerco fatal.

A tripulação começa a se desencorajar. Mas eu continuo perseverante, embora prudente, em busca do meu destino. Já cheguei tão longe, traçando um curso seguro do qual as estrelas são testemunhas... Por que não ir mais longe ainda? O que poderá deter o coração determinado e a vontade firme de um homem?

Meus homens me chamam... Terei de interromper este relato...

5 DE AGOSTO DE 1796

ão sei se conseguirei descrever tudo o que aconteceu nos últimos dias. Estou muito assustado e também muito comovido.

Segunda-feira passada, dia 31, o navio ficou cercado por montanhas de gelo. De repente, vimo-nos aprisionados, quase sem espaço no mar para que flutuássemos. Era uma situação perigosa, sobretudo por causa do espesso nevoeiro que nos encobriu. Lançamos âncora e nos pusemos a esperar alguma mudança no clima. A tripulação estava assustada. Sabia que as montanhas de gelo poderiam se movimentar e nos esmagar, destroçando o Prometheu, matando-nos a todos.

Lá pelas duas da tarde, o nevoeiro se abriu e pudemos ver as placas de gelo muito próximas, algumas se estendendo como planícies que pareciam sem fim. Estávamos todos inquietos, temerosos, quando de repente uma visão estranha atraiu nossa atenção: algo se movia ao longe, veloz, fazendo um ruído arrastado.

Avistamos um trenó, puxado por cães, indo para o norte. Pegamos nossas lunetas e vimos, sobre ele, uma figura gigantesca, parecida com um homem, mas que nos deixou confusos. Aquela aparição encheu-nos de espanto, enquanto para ele nossa presença parecia não ter nenhuma importância. Pensei: estaria fugindo de alguém ou de alguma coisa? Mas o que seria mais assustador do que aquela própria assombração? E por que rumava na direção do... polo!?

Logo depois o gelo que nos prendia começou a quebrar-se. Ruídos assustadores nos deixaram tensos, até que o Prometheu se movimentou. Parecia que o mar voltaria a se abrir. Fiquei atento às placas de gelo que se movimentavam nas proximidades. Não era hora de tomar nenhuma decisão, apenas esperar a acomodação do mar.

Aproveitei para descansar algumas horas...

Na manhã seguinte, despertei com os gritos dos marinheiros no convés. Aproximando-se do nosso navio, um pequeno bloco de gelo, e sobre ele um trenó, alguns cães e... um homem. Não se tratava daquela figura selvagem do dia anterior, era um viajante, e parecia desmaiado. Dentre seus cães, apenas um estava vivo.

Ao puxarmos o trenó, o homem despertou. Um de meus homens lhe disse:

— Eis aqui o nosso capitão. Ele não vai permitir que morra no mar... — E me olhou, implorando consentimento para içá-lo.

Mas o viajante contestou:

— Antes de subir a bordo, diga-me, capitão — balbuciou em um inglês com sotaque –, qual o destino do seu navio?

Não pude acreditar no que ouvi. Como um homem à beira da morte, cuja única salvação seria o Prometheu e sua tripulação, poderia querer saber, antes de ser recolhido, qual era o nosso destino? Por acaso não subiria na embarcação se estivéssemos indo para um lugar que não fosse de seu interesse? Mesmo assim, contei-lhe:

– Estamos numa viagem de descoberta, rumo ao polo Norte. – E estendi-lhe a mão.

Ele estava praticamente cego e com os membros congelados. Nunca vi um homem em estado tão deplorável. Assim que o acomodamos na cabine, ele desmaiou. Tratamos de aquecê-lo com cobertores, deixando-o próximo à chaminé do fogão da cozinha. Aos poucos voltou à consciência. Tomou um pouco de sopa e ganhou alguma cor. Mas logo caiu novamente, febril, dizendo coisas desconexas, falando de um ser monstruoso que teria criado.

Passaram-se dois dias até que pudéssemos conversar novamente. O Prometheu permaneceu onde estava, pois ainda não era seguro prosseguirmos viagem. Meus homens estavam curiosos para saber o que poderia ter levado uma pessoa a se deslocar tão ao norte em um simples trenó.

– Para onde estava indo, senhor? – perguntou meu imediato pela centésima vez.

– Procuro alguém que fugiu de mim – balbuciou nosso hóspede.

– Por acaso o homem que perseguia também viajava em um trenó?

– Sim.

– Então acho que o vimos!

O estrangeiro levantou-se de um só pulo. Buscou uma escotilha e perguntou:

– Para onde aquele monstro estava indo?

– Para o norte, mas não sabemos se sobreviveu quando os gelos se partiram horas depois que passou por nós...

Aquele homem trazia no rosto um sofrimento que eu nunca havia visto antes. Por vezes pensei: esse homem poderia ser o amigo que procuro. Mas logo percebia que sua saúde estava muito debilitada e que talvez não lhe restasse muito tempo de vida. Devia ter uns vinte e poucos anos, mas parecia o dobro.

Convenci-o a descansar e não lhe fiz mais perguntas. Prometi que poria um homem de vigia e que, se avistássemos a gigante criatura, o avisaríamos.

Esta manhã passei horas na proa pensando o que fazer quando estivermos em condições de navegar. Pensava se não deveria retornar para a Inglaterra em vez de arriscar a vida de tanta gente por causa de uma obsessão minha... quando ouvi a voz do viajante ao meu lado:

– Quando partimos, capitão? Não estávamos indo ao polo Norte?

– Sim, íamos... – vacilei. E corrigi: – Vamos, claro que vamos. Mas não podemos partir agora, ainda não é seguro.

Olhei para aquele homem e tentei imaginar o que teria acontecido, por que tanta amargura, tanta dor.

– Sabe de uma coisa? – disse a ele, apoiado num mastro. – Eu daria a minha vida para encontrar a rota para o polo Norte. Sacrificaria toda a minha fortuna, minha existência, minhas esperanças para conseguir o que desejo. A vida ou a morte de um homem seria um preço mínimo quando nossos objetivos podem salvar alguém. Quero ser um grande homem e servir à humanidade.

Enquanto falava, percebi que o viajante se emocionava. Levou as mãos ao rosto e logo pude ver as lágrimas escorrendo-lhe por entre os dedos. Ele soltou um forte gemido, reuniu forças e me disse, com a voz tremida:

– Que tristeza, capitão! Que tristeza... O senhor sofre de uma loucura igual à minha! Olhe para mim, capitão... olhe bem... O que vê? Quer se tornar um homem como eu? Não, o senhor ainda está em tempo de se salvar... Houve uma época em que minha vida era cheia de felicidade. Eu perdi tudo e não tenho como recomeçar! Preciso lhe contar a minha história!

E chorava como uma criança infeliz. Confesso que fiquei curioso por conhecer a história dele, mas achava que ele estava ainda muito debilitado, temia que não aguentasse. Convenci-o a descansar.

Há pouco meu hóspede acordou. Parecia outro homem, novamente frio, calculista, amargurado. Pediu para ficar conosco em nossa viagem. Estava decidido a encontrar a selvagem e gigantesca criatura.

19 DE AGOSTO DE 1796

Sinto que ganhei um amigo. Não sei se aquele que tanto buscava, mas, nestes tristes e sombrios dias, sua amizade ainda incerta é o que basta para aquecer minha alma.

Cerca de uma hora atrás, ele se aproximou de mim. Nunca havia sido tão sincero.

– O senhor já deve ter percebido, capitão Walton, que passei por terríveis desgraças nos últimos tempos. Tinha decidido que a memória desses males que sofri morreriam comigo, mas mudei de ideia. O senhor busca conhecimento e sabedoria, como eu também busquei. E para que os seus desejos não o envenenem como os meus me envenenaram, vou relatar tudo o que passei. Talvez não acredite no que vou lhe contar. Talvez minha história pareça, de início, um tanto ridícula...

– Ora, sou muitíssimo grato por confiar em mim e contar o que lhe aconteceu. E esteja certo de que não vou duvidar de uma palavra sequer do que tenha para dizer. Quem sabe eu possa ajudá-lo a ter um destino melhor.

— Impossível, capitão. Nada poderá alterar meu destino. Falta-me apenas um ato para cumpri-lo e me retirar deste mundo — disse-me ele, por detrás do melancólico brilho dos seus olhos. — Ouça minha história, capitão, ouça minha história...

2. Victor Frankenstein

Nenhum ser humano teve uma infância melhor do que a minha. Nasci em Genebra, na Suíça, no berço de uma família maravilhosa. Meus pais me adoravam. Eu era como um brinquedo para eles, uma ilusão, um presente caído dos céus. Era o primeiro filho e, por muitos anos, fui o único. Havia Justine, filha de uma empregada da casa, mas não tinha por ela o verdadeiro sentimento de família.

Esse sentimento concretizou-se quando eu tinha cinco anos, com a chegada de Elizabeth. Minha mãe era uma mulher muito generosa, preocupada com os mais pobres e necessitados. Em uma viagem a Milão, na Itália, conheceu uma família de camponeses com muitos filhos, dentre eles uma menina loira, muito diferente de seus irmãos. Havia sido abandonada pelos pais, que tinham morrido de escarlatina. Mamãe a levou para casa, e, assim, de uma hora para outra, ganhei uma irmã.

Por muito tempo fui a única preocupação de Alphonse e Caroline, meus pais. Minha mãe desejava muito ter uma menina. Elizabeth era mais que uma irmã para mim. A "pequena órfã", como a chamavam, irradiava um brilho intenso, e passou a ser uma linda e adorada companhia de todos os meus afazeres e prazeres.

Todos amavam Elizabeth. Apesar de termos a mesma idade, sentia que devia cuidar dela, amar e proteger aquela criatura até a minha morte.

Mas o mundo era para mim um segredo que eu desejava desvendar. A curiosidade sobre as leis ocultas da natureza e a satisfação de conhecê-las e descobri-las são as sensações mais prazerosas que posso lembrar daquele tempo. Apesar de achar que meu temperamento é um pouco violento, sou maníaco por aprender. Os segredos dos céus e da terra me fascinam!

Não tinha muito interesse nos meus colegas de escola. Da infância, guardo apenas um amigo muito especial: Henry Clerval, filho de um comerciante húngaro. Ele simplesmente adorava aventuras, por isso era um grande leitor. Gostava especialmente dos heróis, das pessoas que dedicavam suas vidas a fazer o bem para a humanidade. E a minha sorte era que ele e Elizabeth davam-se muitíssimo bem. Formávamos um belo trio de amigos.

Tenho um prazer especial em recordar minhas memórias de infância, antes de a desgraça ter contaminado minha mente a ponto de transformar suas visões brilhantes em reflexões estreitas e sombrias sobre mim mesmo.

A filosofia natural foi o gênio que comandou meu destino. Quando tinha treze anos, fomos em excursão a um balneário próximo a Tonon. Além de Elizabeth, havia ganhado um novo irmão, poucos anos antes, Ernest. Como choveu muito naquela viagem, ficamos quase todo o tempo no hotel. Elizabeth ajudava a cuidar de Ernest e eu procurava livros para ler. Foi por acaso que encontrei, no canto de uma biblioteca, um livro de Cornélio Agrippa, um alemão que viveu mais de duzentos anos antes de mim e que muito me influenciou. Ele era médico, astrólogo e pesquisou a magia negra.

Outro alquimista que me influenciou no início dos meus estudos foi Paracelso, um suíço que viveu na mesma época de Agrippa. Mestre do imaginário, foi um dos primeiros a afirmar que seria possível criar um pequeno homem sem um ventre materno. Ele dizia que se esse pequeno homem chegasse a crescer, como uma criatura, poderia derrotar seus inimigos e conhecer os segredos negados aos outros homens. Tinha até uma receita para a criação desse ser... Talvez eu realmente possa ser considerado mais um fruto dos alquimistas e ocultistas do que dos cientistas.

Na verdade, penso que dois fatos fundamentais marcaram meu interesse pela ciência e vieram a influenciar minhas pesquisas. O primeiro foi quando, ainda criança, meu pai me levou para caçar coelhos. Ao acertar o primeiro animal com minha espingarda, vi nos olhos daquele ser morto o meu destino. Foi a revelação da morte que despertou minha curiosidade. Queria então revelar os mistérios da vida, os segredos da alma humana. Ouvi meu pai dizer, com o corpo inerte do coelho na mão: "Tudo que morre não acorda mais. É a lei da natureza, a lei de Deus". Será verdade?, pensei. E se eu descobrisse um jeito de as pessoas viverem para sempre?

Outro fato marcante foi quando eu tinha quinze anos, logo depois do nascimento de William, meu irmão caçula. Havíamos ido para nossa casa em Belrive, onde assistimos – eu e Elizabeth – à mais violenta e terrível das tempestades. Ela avançou sobre nós, vindo das montanhas do Jura, e os trovões ecoavam em estrondos aterradores de todos os cantos do céu. De repente, uma labareda de fogo tomou de assalto um velho carvalho. Assim que a luz se apagou, sobrou apenas um tronco carbonizado. Eu nunca tinha visto nada igual! E logo me enchi de perguntas...

Descobri que havia caído um raio sobre a árvore, que recebeu essa enorme descarga elétrica. Ah, a eletricidade! A partir desse dia comecei a duvidar de quase tudo que havia lido em muitos livros de física, pois neles não havia uma referência sequer à eletricidade. Hoje penso que essas dúvidas foram obra de um anjo da guarda que queria me proteger da desgraça que já me rondava. Mas foi um esforço inútil, pois o destino é muito poderoso, e suas leis imutáveis já haviam decretado minha total e terrível destruição.

3. A caminho de Ingolstadt

Há mais de cinco anos parti para Ingolstadt. Tanta coisa aconteceu de lá para cá... Meus pais haviam decidido me mandar para a universidade dessa cidade ao sul da Alemanha, perto da fronteira com a Suíça. Próximo à minha partida, no entanto, veio a primeira desgraça de minha vida – um presságio da minha futura infelicidade.

Elizabeth teve escarlatina. A doença foi grave, pondo-a em perigo de vida. Mas minha mãe cuidou dela com toda a dedicação que às mães é reservada. Ficou ao seu lado até que se recuperasse. Porém, três dias depois, minha própria mãe adoeceu. A generosa Caroline caiu enferma de forma tão grave que os médicos não lhe deram mais do que uma semana de vida.

Em seu leito de morte, sempre cuidada de perto pela querida Justine, nossa meia-irmã, mamãe chamou a mim e a Elizabeth:

– Você deve ir à universidade, Victor... Seu destino está além destas paredes!

– Eu vou cuidar de você, mãe... – disse Elizabeth, falsamente iludida. – Não sairei do seu lado até que se recupere.

– Amo vocês, meus queridos, mas não me resta muito tempo... Quero que escutem o que tenho a dizer...

– Não se esforce muito, mamãe – supliquei, temeroso do que iria nos pedir.

– Vejo como vocês dois se entendem tão bem, como se suas almas fossem ligadas... Quero que me prometam uma coisa: vocês se casarão e serão felizes como eu e seu pai fomos.

Foi duro ouvir aquelas palavras, mas ao mesmo tempo soaram como um alívio. Minha mãe aprovava o amor que Elizabeth e eu sentíamos um pelo outro. Ela nos autorizava e nos abençoava para desfrutarmos desse amor.

Poucas horas depois, mamãe estava morta.

Nas homenagens de seu sepultamento, foi a vez de papai me surpreender. O velho médico Alphonse Frankenstein me entregou um diário:

— Meu filho, você deve partir para a universidade o quanto antes. Você me encherá de honra seguindo a brilhante carreira científica. Só lamento que sua mãe não esteja presente neste momento para compartilhar o orgulho que sinto por você hoje.

— Obrigado, pai.

— Pegue este diário. — Estendeu-me um livro com as iniciais V. F. na capa. — Sua mãe queria entregá-lo no dia de sua formatura. Leve-o com você. Nele, ela escreveu: "Este é o diário de Victor Frankenstein". O resto das folhas está em branco, para que você possa preenchê-las com atos nobres.

Abracei-o emocionado. Esperava realmente cumprir seu desejo e honrar seu nome.

O difícil mesmo foi despedir-me de Elizabeth. Já nos havíamos declarado e vencido a barreira fraterna que nos ligava. Irmãos, primos... por que não marido e mulher? Elizabeth facilitou as coisas, mostrando-se valente e determinada a cuidar de William, meu pequeno irmão, e a preparar a casa da família para quando eu voltasse da universidade. Ao mesmo tempo, prometemos que nos escreveríamos todos os dias.

Foi longa a viagem. Ao avistar o alto campanário branco da cidade, senti-me um pouco mais velho. E já mais animado de encarar a distância dos meus queridos familiares. Desci da carruagem sentindo-me um outro homem. Subi as longas escadarias que levavam ao meu solitário apartamento e, na manhã seguinte, assisti à minha primeira aula: filosofia natural, com o professor Krempe.

Aquele estranho homem me fez muitas perguntas e admirou-se com minhas leituras: Agrippa, Paracelso, Magno... todos aqueles alquimistas. Falei da minha busca pelo elixir da vida e pela pedra filosofal. Para quê!

– Jovem... Não acredito que tenha perdido seu tempo com tantas bobagens! Encheu sua memória de fantasias inúteis, sistemas ultrapassados... Estamos no período das luzes e da ciência! Terá de recomeçar seus estudos do zero!

Voltei para meu apartamento arrasado e com uma pilha de livros para ler. Minhas suspeitas de que havia tomado o curso errado nos meus estudos estavam confirmadas.

Na manhã seguinte, entrei na sala de outro professor, que dava aulas de química. O sr. Waldman era muito diferente do metódico Krempe.

– Os antigos estudiosos – dizia Waldman durante sua aula – prometiam transformar os metais em ouro. Conseguiram? Não, jamais! Nós, modernos, ao contrário, prometemos pouco e trabalhamos muito. Provamos e provamos. Pouco importam os fracassos. Vale seguir adiante, pesquisar, e assim poder descobrir como circula o sangue, do que é composto o ar que respiramos, por que um raio atinge uma árvore...

O raio! O raio! Minhas ideias giravam à medida que o professor Waldman falava. Fui me animando cada vez mais, reunindo forças internas que certamente me levariam a cumprir um grande destino, formando um só pensamento: *Abrirei novos caminhos, revelarei ao mundo os mistérios mais ocultos – isso é o que farei, ou não me chamo Victor Frankenstein!*

4. Um incrível laboratório

Em pouco tempo me tornei ajudante do professor Waldman. Posso dizer que me tornei seu discípulo e mesmo amigo. Avancei muito. Meus estudos impressionavam a todos na universidade. Em pouco tempo, parecia que já sabia mais do que todos os professores juntos. Os dias voavam. Só queria estudar, aprender, descobrir...

— Fico feliz, caro Victor, em perceber que é tão aplicado e tão hábil. Mas, se me permite aconselhá-lo, não se dedique apenas à química, do contrário será um cientista medíocre. Para ser um cientista de verdade e não um mero fazedor de experiências, você terá de estudar com afinco todos os ramos da filosofia natural, inclusive a biologia, a anatomia e a matemática.

Quando conheci o laboratório de Waldman, fiquei extasiado. Ele me explicou o uso de seus vários aparelhos e estimulou-me a criar o meu próprio laboratório. Saí de lá decidido a transformar o sótão do meu apartamento em uma sucursal de todos os laboratórios da universidade juntos. E foi o que fiz... A impressão que tenho é de que passei mais tempo naquele lugar do que toda a minha infância e juventude em minha casa suíça.

Recebia cartas e mais cartas de Clerval, de Ernest e William, do velho Alphonse, meu pai, e principalmente da minha adorável Elizabeth. Mas não respondia a nenhuma. Às vezes, nem as lia. Não encontrava tempo para isso. Acho que só sabiam notícias minhas levadas por outros alunos, antigos colegas de escola que também tinham ido estudar em Ingolstadt.

Quando recebi o título de doutor em ciências, dois anos depois, comecei a sentir saudades de casa, de Genebra. Queria que estivessem comigo, vissem meu desempenho, sentissem orgulho de mim... Mas logo a saudade passava e eu voltava a mergulhar de corpo e alma nas minhas pesquisas, nos encantamentos do meu laboratório.

Como todo cientista que leva a sério o que faz, vivia me fazendo perguntas. Mas ia além de querer saber de onde viemos e para onde vamos. Na verdade, não me conformava com o fato de que nossos corpos seriam entregues aos vermes, minúsculos animais insignificantes que passariam a desfrutar das maravilhas de um cérebro! Como isso é possível? Como podemos entregar um olho humano, que tantas maravilhas e desgraças vê durante toda uma vida, como podemos entregá-lo a esses míseros vermes?

Passei, então, para entender a vida, a me dedicar aos mortos. A curiosidade despertada por aquele coelho que caçara com meu pai, aos cinco anos de idade, poderia frutificar agora: queria revelar os mistérios da vida, os segredos da alma humana. Queria descobrir um jeito de as pessoas viverem para sempre! Nem que para isso tivesse de dissecar toda a humanidade!

A estrutura do corpo humano e de qualquer animal vivo – esse era um mistério a ser desvendado para mim, em todas as suas minúcias. Passei a me dedicar ao estudo de cadáveres com afinco. Para muitos pode ser impressionante, mas para mim não. Não tenho pavor nenhum de ouvir histórias supersticiosas ou de aparição de fantasmas. A escuridão não tem efeito sobre minha imaginação, e para mim um cemitério não passa de um depósito de corpos sem vida que, se um dia foram sinônimo de força e beleza, hoje não passam de alimento para vermes.

Passava dias e noites em necrotérios e tumbas, levando escondido corpos em decomposição para o meu laboratório. Nenhum prazer da juventude me deixava tão satisfeito quanto a tarefa a que eu me entregava.

Meu maior desafio passou a ser o de responder a uma pergunta: qual o princípio da vida?

E não é que depois de tanto empenho eu descobri!? E o que afirmo é tão claro como a luz do dia. Descobri a causa da reprodução e da vida! Mais que isso – e este não é o relato de um louco, tornei-me capaz de dar vida à matéria inanimada, de transformar morte em vida!

Mas não poderei revelar o segredo que só eu conheço. Isso é impossível. E o motivo é simples: a minha própria história e desgraça serão suficientes para entender o porquê de eu não contar o segredo... Meu exemplo é a prova ainda viva do quanto é perigosa a aquisição desenfreada e equivocada de conhecimento. Feliz é o homem que acredita que sua aldeia é o mundo inteiro! Antes eu não tivesse saído de Genebra...

5. Construindo um sonho

Fiquei em dúvida se devia me atrever a criar um ser à minha semelhança ou se devia dedicar-me a algo mais simples, como um gato ou um cão. Mas estava empolgado demais e queria mesmo dar vida a um animal complexo e maravilhoso como o homem. E como as minúcias de sua construção poderiam aumentar minhas dificuldades, optei por um ser de estatura gigantesca, um corpo em torno de dois metros e meio de altura, tudo proporcionalmente distribuído.

Passei meses preparando os horrores dessa obra secreta. Arrombei túmulos em busca de material fresco para minha criação. Eram corpos que, aos meus olhos, pareciam conter ainda algum resto de vida. Eu os profanava com minhas mãos e meus instrumentos.

Imaginava aqueles braços que haviam deixado de abraçar pessoas queridas, agora sendo costurados a partes de outros corpos sobre a minha mesa. Mas também algumas mentes que poderiam ter arquitetado o mal para outras pessoas. Examinava um cérebro e pensava: terá sido de um genial cientista ou de um fascínora assassino?

Certo dia, recebi a visita do professor Waldman, preocupado com minha ausência e com os rumores de que eu havia enlouquecido e vivia trancado em meu laboratório. Não o deixei entrar e saímos para dar uma volta na rua. A conversa não durou mais do que meia hora. Ao saber que eu andava recolhendo cadáveres dos cemitérios, parece que Waldman anteviu o que poderia acontecer:

– O que está fazendo é errado, Victor! Você deve parar com isso antes que seja tarde demais!

– Mas a sabedoria não é nociva, professor – contestei.

– A sabedoria não faz mal a ninguém, Victor, você sabe muito bem disso... Mas o que está fazendo com ela não é permitido... Pense nas consequências dessas ações!

– Achei que acreditasse no progresso, professor. Que acreditasse na ciência e nas suas realizações!

– Ora, Victor, mexer com eletricidade é uma coisa, mas achar que ela pode trazer a vida de volta... – profetizou, parecendo adivinhar meus pensamentos. – Você não sabe o que está fazendo!

– Sei exatamente! – afirmei, afastando-o e retornando ao meu laboratório.

– Não, não sabe! Só Deus pode criar a vida, Victor. E você não é Deus, não é...

Aprendi a conviver com cheiros horripilantes, visões tenebrosas, matérias putrefatas... Só mesmo um grande sonho poderia fazer-me superar aquelas dificuldades. Sentia-me a cada dia mais debilitado, comendo pouco, quase sem dormir, sem ver a luz do Sol ou sentir os prazeres da vida de uma pessoa comum. Mas aquilo me bastava, aquela era a maior criação da minha vida e, quem sabe, de toda a humanidade!

Pobre sonho, triste ilusão...

Depois de haver unido ossos, músculos, tecidos e toda a intrincada cadeia que forma o corpo humano, minha obra estava quase pronta. Havia construído uma enorme criatura. Era quase um monstro desconexo, meio certo e meio torto, mas um corpo com o qual já estava me acostumando e que não mais me assustava. E tinha tudo anotado em meu diário, o mesmo diário deixado por minha mãe antes de morrer, no qual meu pai pedira para anotar os meus atos mais nobres. E eu me perguntava: seriam tão nobres assim as minhas ações naquele projeto?

Quanto mais próximo chegava o momento de dar-lhe vida, mais nervoso eu ficava. Parecia um homem condenado a trabalhos forçados e não um artista realizando sua maior obra. Todas as noites eu era tomado por uma febre ardente que me deixava tenso e irritado. Bastava uma folha solta bater na vidraça do meu laboratório para eu pular assustado. Temia que alguém entrasse pela porta e destruísse tudo que havia feito até aquele momento, como se estivesse escondido por haver cometido um crime horrendo. Ao me ver no espelho, percebia o trapo humano em que havia me transformado. Prometi a mim mesmo que, assim que terminasse aquela obra, retomaria o contato com minha família e me dedicaria a uma vida de esportes e prazeres.

Mas eu realmente não sabia o que me esperava...

6. A criatura!

Era uma noite chuvosa de novembro. Minha ansiedade transformava-se em quase agonia. Juntei os instrumentos em torno de mim e me preparei para acender a faísca da vida. A minha modelagem – costurada, suturada e cheia de sangue e oxigênio – estava pronta para nascer.

Era quase uma da manhã. A chuva batia forte e sombria nas vidraças. Minha vela estava quase se apagando. Trovejava. E eu aguardava o raio que cortaria o céu e traria a luz de que tanto precisava.

O estrondo foi tão forte que as telhas tremeram. A faísca ofuscou minha vista por alguns segundos. A vela fraca lançou um feixe de luz sobre o rosto do meu gigantesco ser inanimado. E pude ver o embaçado olho amarelo da criatura se abrir. E a respiração soltar um bafo de ar fundo, como de um afogado ressuscitando, e um movimento convulsivo a sacudir--lhe os membros.

Dei um pulo para trás. A criatura estava viva!

Acendi todas as velas que encontrei naquela noite escura. Ao fundo a tempestade e diante de mim... uma catástrofe! Essa foi a minha sensação. À medida que iluminava melhor o laboratório, podia contemplar o resultado do meu trabalho. É difícil descrever o meu assombro diante do que via: eu havia criado, com extremo carinho, um monstro horrível!

Como poderia descrevê-lo... Seus membros eram proporcionais à sua gigantesca estatura. Suas feições eram as melhores que pude selecionar entre os cadáveres que encontrei. Seriam belas? Por Deus, seus cabelos eram de um preto lustroso; seus dentes, de um branco-pérola... Mas a pele, amarela e enrugada como couro, mal cobria a trama de músculos e veias que corriam por debaixo dela. Seus olhos eram aquosos e com órbitas saltadas. Seus lábios, duros e escuros.

Meu estado era deplorável àquela altura. Meu corpo suava frio, meus dentes batiam, minhas mãos e pernas tremiam... Foi quando percebi o infeliz, o miserável monstro que eu havia criado tentando levantar-se, os olhos fixos em mim. Sua boca se abriu, murmurando sons indecifráveis. Ele estendeu um braço em minha direção, como se quisesse me tocar. Não aguentei e corri escada abaixo.

Oh! Nenhum mortal poderia suportar o pavor daquela visão. Uma múmia que voltasse à vida não seria tão assustadora. E pensar que passei meses olhando e construindo aquela criatura e, no momento em que ganhou vida, que seus músculos se moveram, seu rosto adquiriu expressão, o sangue bombeou por todo o seu corpo, justo então não pude suportar ficar ao seu lado. Fugi do laboratório e vaguei pelas ruas de Ingolstadt por toda a noite.

A manhã surgiu sombria, não querendo que o desespero me deixasse. De repente, vi-me diante da igreja da cidade, de seu campanário e do relógio que batia seis horas. Não tentei abrir seus portões, voltei a caminhar sem rumo pela cidade, dobrando esquinas e mais esquinas, até chegar a uma hospedaria, onde me detive sem saber por quê.

Exausto, caí de joelhos no meio da rua. Fixei os olhos em uma carruagem que vinha ao longe em minha direção. Ao se aproximar, percebi que era uma diligência suíça. Ela parou bem na minha frente. Sua porta se abriu e pude enxergar as botas de um homem pisarem a terra batida do chão. Levantei os olhos e não pude acreditar no que vi.

– Victor Frankenstein! – bradou o homem.

– Clerval... Henry Clerval, meu amigo – suspirei, antes de desmaiar.

7. Agonia e alívio

Elizabeth apareceu diante de mim tão bela, tão encantadora! Passeamos por Ingolstadt de mãos dadas. Eu a abraçava e a beijava a todo instante, feliz, muito feliz. Porém, de repente os seus lábios começaram a esfriar. Eu a beijava, seus lábios estavam frios, gelados, e seu hálito cheirava a morte. Assustado, afastei-me dela. Seu rosto começou a mudar. Tentei abraçá-la, mas não era mais a minha Elizabeth, era a minha mãe, o cadáver da minha mãe. Seu corpo estava envolto em uma mortalha e eu via muitos vermes subirem-lhe pelas pernas, braços, até alcançar o rosto; vermes, muitos vermes, saídos dos corpos que eu havia retirado do cemitério...

– Victor, acorde, Victor... – Clerval me chacoalhava.

– Oh, meu amigo, que bom que veio me ver.

Levantei-me febril, mas feliz por Clerval ter vindo para Ingolstadt. Seu pai finalmente permitira que viesse para a universidade. Isso me animava, pois teria, enfim, companhia para os meus dias, dias que eu me havia prometido seriam diferentes, não mais dedicados à morte mas à saúde, ao prazer...

– A criatura! – lembrei-me.

– Que criatura é essa? – perguntou-me Clerval. – Enquanto você delirava, falava de uma criatura, de um monstro... O que é isso?

Lembrei-me que a criatura poderia estar viva no meu laboratório. Corri até lá. Pedi a Clerval que me aguardasse na rua. Subi as escadas e entrei temeroso. Não havia ninguém.

Olhei por todos os cantos. A criatura havia desaparecido. Mas em lugar de me preocupar, senti-me aliviado, como se tivesse finalmente me livrado daquele pesadelo. Pesadelo que até poucas horas antes era o sonho de toda uma vida.

Desci à rua para encontrar-me com Clerval. Percorremos toda a cidade. Apresentei-lhe a universidade. Eu não parava de falar de forma descontrolada com meu amigo. Até que vi a criatura vindo em minha direção.

Sua imagem era turva e seus movimentos, ameaçadores. Gritei contra ela incessantemente, assustando meu amigo Clerval. No meu delírio, lutei com o monstro que havia criado até o fim de minhas forças, até cair novamente desmaiado.

Aquele foi o começo de uma febre que me deixou na cama por muitos meses. Pobre Henry. Posso imaginar seu sofrimento, ouvindo os absurdos que eu dizia durante meus delírios. Ele teve de cuidar de mim e decidir não contar nada a meu pai e a Elizabeth, para que não pensassem que eu estava louco.

Já era primavera quando me vi recuperado e com forças para encarar a vida novamente. Estava de ótimo humor quando pude enfim conversar com Clerval.

— Henry, perdoe-me por atrapalhar seus planos na universidade. Você veio para estudar e não para bancar meu enfermeiro. Como poderei recompensá-lo por isso?

— Será fácil, meu amigo. Podemos começar falando de determinado assunto...

Tremi. Um determinado assunto? O que poderia ser? Os meus delírios? A criatura? O monstro que havia criado com minhas próprias mãos?

– Calma, Victor, você ficou pálido de repente... Não vou falar sobre aquelas bobagens que dizia quando estava febril. Aliás, nunca entendi nada do significado de tudo aquilo... Mas não é hora para isso. Há um assunto mais urgente.

– O que é? – perguntei, curioso.

– Seu pai e seus irmãos... Elizabeth precisa receber notícias suas escritas de próprio punho. Não aguento mais escrever um monte de mentiras justificando seu silêncio!

– Ah, é só isso? Será muito fácil escrever para as pessoas que mais amo no mundo, meu amigo. Agora que já o tenho por perto, dê-me papel e tinta, pois os sentimentos brotam e querem correr até Genebra.

– Já que está assim tão animado, pode começar respondendo a esta carta de Elizabeth que acaba de chegar – disse ele, entregando-me um gordo envelope.

Na carta de Elizabeth, ela me pedia que voltasse, após uma ausência tão longa, que não estava preparada para ficar tanto tempo longe de mim. Contou-me sobre meus irmãos Ernest e William, sobre como haviam crescido... Sobre a alegre Justine, nossa meia-irmã. Por várias vezes, pedia-me que voltasse a Genebra ou que ao menos escrevesse para todos eles.

Ah, minha adorável Elizabeth! Que bem me fez ler aquelas linhas de ternura e extremo carinho, escritas por alguém que realmente me amava.

Nos meses seguintes, pude ajudar Clerval a se entrosar na universidade. Ele se espantava com o prestígio que eu havia alcançado no meio científico. Mas a proximidade com esses assuntos me perturbava tanto que ele logo tratava de distrair-me.

E assim muitos meses se passaram. Marquei meu retorno a Genebra para a primavera seguinte. Estava muito entusiasmado. E foi na mesma semana de maio em que eu viajaria de volta para casa que recebi uma carta de meu pai. Trazia a mais terrível notícia que jamais poderia esperar...

8. Desespero e ódio

Genebra, 12 de maio

Caro Victor,

Você deve estar impaciente para receber a carta marcando a data de seu retorno ao lar, mas esse não é o motivo pelo qual escrevo. Não dizer tudo que preciso seria cruel, meu filho. Como posso lhe contar, Victor, o tamanho de nosso desespero? Gostaria de prepará-lo antes de dar tão terrível notícia, mas sei que é impossível. Seus olhos já devem estar percorrendo estas linhas em busca das palavras que trazem as más novas.

William morreu! Essa doce criança, cujos sorrisos deliciosos enchiam de calor meu coração, tão gentil e tão alegre! Victor, ele foi assassinado!

Não aguentei de desespero, enfiei o rosto nas mãos e chorei. Chorei compulsivamente, como uma criança. Ao meu lado, Clerval nada entendeu, apenas me consolava. Com os olhos marejados, tremendo da cabeça aos pés, pedi a ele que terminasse a leitura para mim...

Quinta-feira passada saímos para passear em Plainpalais. A tarde estava quente e agradável, por isso fomos todos – eu, Elizabeth e seus dois irmãos, Ernest e William. Quando voltávamos para casa, caminhando, os meninos pediram para ir na frente. Não nos

importamos. Elizabeth e eu nos sentamos um pouco para descansar e logo Ernest apareceu, perguntando por William. Os dois estavam brincando de corrida e se perderam um do outro. Ernest pensou que William estava brincando de se esconder, mas não apareceu mais. Como não o encontrou, voltou para nos avisar.

Elizabeth sugeriu que ele poderia ter ido sozinho para casa, mas lá chegando não o encontramos. Já havia anoitecido. Desesperados, saímos com tochas a procurá-lo nos bosques próximos à nossa casa. E quando já estava amanhecendo, eu mesmo o encontrei, atirado no meio do mato, gelado e sem respiração. As marcas das mãos do assassino estavam no seu pescoço.

Elizabeth está desesperada, Victor. Volte imediatamente para casa. Ela precisa de sua ajuda. Sente-se culpada pela morte do pequeno William, pois naquela tarde havia emprestado a ele um delicado berloque para pendurar no pescoço que ganhara de sua mãe. Como o berloque não estava com William, ela acredita que o assassino queria roubá-lo e por isso o matou.

Chego a agradecer a Deus por sua mãe não estar entre nós para ver um filho morto dessa maneira. É muito dolorido.

Venha, Victor, mas volte sem ideia de vingança contra o assassino. Traga-nos sentimentos de paz e ternura, que é o que estamos precisando. Entre em nossa casa em luto, mas sem ódio no coração.

Seu pai que muito o ama,
Alphonse Frankenstein

Clerval estava muito desolado. Apenas chorávamos... Ao subir na carruagem que me levaria de volta a Genebra, Clerval tentou me consolar:

– Pobre William... Agora descansa com sua adorável mãe. Morrer tão terrivelmente, sentindo as garras do assassino... Pobre criaturinha! Mas pense numa coisa, meu amigo e irmão: ele já não sofre mais. O sofrimento agora está reservado a nós, miseráveis sobreviventes!

Suas palavras acompanharam-me por toda a longa e melancólica viagem. Tinha pressa de chegar em casa, mas às vezes pedia ao cocheiro que fosse mais devagar. Foi um período de profunda reflexão – uma avalanche de pensamentos me atormentava a cabeça. Percorri a Baviera, saindo de Ingolstadt, na Alemanha, margeando o rio Danúbio e acompanhando as encostas da cordilheira do Jura, até a Suíça.

Na estrada que circundava o lago Léman, aproximando-me da minha cidade natal, pude avistar, num final de tarde, o pico brilhante do Mont Blanc, nos Alpes. Emocionado, chorava feito criança. Pensava: "Que montanhas maravilhosas! Que lindas águas! Que céu... Estarão aí para me receber em paz ou para debochar da minha infelicidade?".

Aquela paisagem transformava-se, para mim, em um sombrio presságio de que eu estava destinado a ser o mais miserável dos seres humanos. Queria ainda ter doze anos e ser apenas um garoto curioso e feliz, como se o laboratório de Ingolstadt nunca tivesse existido. Mas a profecia realmente viria a se concretizar: toda a desgraça que havia previsto iria se converter em realidade, triste e infeliz realidade.

Estava completamente escuro quando cheguei aos arredores de Genebra. Os portões da cidade já haviam sido fechados àquela hora. Passei para o outro lado do lago para chegar ao bairro de Plainpalais. Queria hospedar-me em Secheron, uma aldeia a poucos quilômetros dali. No caminho, uma forte tempestade me alcançou. Prossegui caminhando, como se quisesse lavar a alma antes de ter de enfrentar meus queridos familiares na manhã seguinte. Meu irmão havia sido assassinado naqueles bosques. Era como se eu estivesse realizando o funeral, ao qual não pude comparecer, do pobre William.

E foi em meio aos trovões e relâmpagos brilhantes que ofuscavam meus olhos que percebi uma sombra escapando por entre algumas árvores próximas a mim. Vasculhei ao redor e um novo clarão revelou o que eu temia: um ser de estatura gigantesca, aspecto disforme, mais hediondo do que humano. E tive a certeza: era ele, o infeliz e repulsivo demônio a quem eu dera vida!

Mas o que fazia ali? Teria sido ele o assassino de meu irmão? Sim, é claro! – respondi a mim mesmo. Pensei em correr atrás da criatura, mas eu tremia inteiro, dos dentes às pernas, de frio e de medo. E em meio a um novo clarão, pude vê-lo escalar com enorme velocidade as encostas do monte Salêve, desaparecendo em seguida.

Fiquei preso ao lugar onde estava, petrificado. Reconstituí em poucos segundos toda uma trajetória: os meus estudos, meus progressos até a criação daquele monstro, seu desaparecimento... Quase dois anos haviam se passado desde a noite em que ele ganhara vida! Será que havia posto à solta no mundo um miserável que se deliciava com carnificinas e horrores? Seria esse apenas o primeiro de uma série de crimes?

Passei a noite perambulando pelos arredores da cidade, ensopado. O dia amanheceu, os portões de Genebra abriram-se e rumei para a casa de meu pai. Pensei em contar tudo a eles, mas quem iria acreditar que eu mesmo havia criado um ser em meu laboratório, e que agora essa criatura viera até a Suíça para matar meu irmão? Diriam que fiquei louco! Iriam se lembrar do período em que estive febril e diriam que eu não estava mais gozando de bom juízo...

Caminhava pelas ruas onde passei minha infância e juventude e só pensava em uma coisa: eu era o verdadeiro assassino do meu irmão! E com o coração dilacerado de remorso e dor bati à porta da casa de meu pai.

9. A segunda vítima

s lágrimas escorriam pelo meu rosto ao entrar na casa de meu pai. Todos dormiam. Fui à biblioteca. Quatro ou cinco anos antes havia saído dali para tornar-me cientista, fazer descobertas que mudassem a história da humanidade. E o que foi que eu fiz?

– Victor, você voltou! – gritou Ernest, assustando-me.

Corremos para um longo e doloroso abraço, o primeiro de muitos outros. Ele logo me contou da dor de meu pai e do infortúnio de Elizabeth.

– Ela é a que mais precisa de consolo. Acusou a si mesma de ter causado a morte de William, e isso a deixou em um estado deplorável. Mas agora que o assassino foi encontrado...

– O assassino foi encontrado? Como assim? Não pode ser! Eu o vi ontem à noite! Estava solto...

– Não sei do que você está falando – cortou meu irmão, surpreso com minhas palavras.

– Nem eu... Mas de quem você está falando, Ernest?

– Daquilo que só serviu para completar a nossa desgraça. Ninguém acreditou no início, e mesmo agora, apesar das provas, é difícil de acreditar. Elizabeth não aceita...

– Como assim, acusaram Elizabeth?

– Não, Victor! Estou falando de Justine Moritz!

– A nossa Justine?

– Sim, ninguém imaginaria que Justine, tão amável e sempre zelosa com o pequeno William, poderia de repente ser capaz de um crime tão chocante, tão horrível!

– Mas não foi ela, Ernest! Não foi ela, eu sei!

– Fique calmo, Victor, temos de aceitar... Há provas contra ela!

Eu não podia acreditar no que ouvia. Aquilo era um pesadelo. Como Justine poderia ser acusada por um crime que eu sabia quem cometera?! Ernest me contou que, no dia da morte de William, Justine adoeceu e caiu de cama por muitos dias. Durante esse tempo, uma das criadas, arrumando as roupas que ela usava no dia do assassinato, achou em seu bolso o berloque de minha mãe, o mesmo que tinha sido apontado como o motivo do crime. A criada levou o delicado objeto diretamente para um juiz, sem antes mostrá-lo à família. Assim, Justine foi presa.

– Está havendo um terrível engano – insisti.

– É possível, Victor. Mas o comportamento de Justine tem sido tão estranho e perturbador que nem eu mesmo tenho certeza de sua inocência... De qualquer forma, hoje saberemos de toda a verdade, pois o julgamento está marcado para o final da manhã.

Em seguida, meu pai apareceu. Abraçamo-nos silenciosamente. Beijou-me a testa e sentou-se para descansar. Estava consternado, muito abatido.

Quando vi Elizabeth, meu coração disparou. Abraçamo-nos com muito carinho, demoradamente. O tempo havia trazido algumas mudanças. Ela ainda tinha a mesma franqueza, a mesma vivacidade, mas agora parecia mais sensível e inteligente. Era uma mulher mais madura.

– Victor, meu querido. Minha esperança de que se faça justiça está agora depositada em suas mãos. Você precisa ajudar Justine a provar sua inocência. Tenho certeza de que ela jamais faria mal a nosso irmãozinho.

Ela cuidava dele como uma mãe cuida de seu filhinho. Se algo acontecer a ela, será mais uma desgraça terrível para nossa família.

– Ela é inocente, Elizabeth, eu tenho certeza disso. Farei o que for possível para trazê-la de volta a esta casa.

Mas os acontecimentos não caminharam como prevíamos. Nem o depoimento generoso de Elizabeth, dizendo que a acusada não teria motivos para roubar nada, pois ela mesma teria dado à jovem Justine todos os enfeites que possuísse, nem seu testemunho foram capazes de demover os jurados. Meus apelos indignados e veementes também foram inúteis.

E para piorar a situação de Justine, o tribunal havia conseguido uma confissão sua, certamente tirada sob pressão, em meio ao seu confuso estado mental. Estou seguro de que a ameaçaram, pois precisavam encontrar um culpado exemplar o quanto antes. E nada mais fácil do que uma pessoa humilde e ingênua como Justine.

A sentença foi proferida na manhã seguinte. E Justine morreu no cadafalso como uma assassina!

Mas eu, o verdadeiro assassino, sentia vivo em minhas entranhas o verme imortal do remorso, que não me concedia esperança, nem consolo. Das torturas do meu coração, contemplei a infelicidade profunda e calada de minha Elizabeth. E o desgosto de meu pai. E o desespero que se abateu sobre um lar que um dia havia sido feliz.

Pobres William e Justine, mortos por minha culpa! Eles foram as primeiras vítimas da minha impiedosa ciência!

10. Criador e criatura

enos de um mês após a execução de Justine, fomos todos para nossa casa em Belrive, lugarejo à beira do lago Léman, onde podíamos descansar e nos recuperar. Mas o remorso me invadia com força. Não havia jeito de reavermos a felicidade perdida.

Nossa casa estava tomada pelo luto. Meu pai adoecera e andava muito mal. Elizabeth, apesar da tristeza dilacerante, procurava cuidar de mim, acreditando que, de todos, o meu estado era o mais lamentável.

— Seu rosto traz uma expressão de desespero, Victor. Vejo facilmente uma sede de vingança que me deixa apavorada. Você anda sombrio e não sei mais o que fazer para ajudá-lo.

Aquelas palavras ditas pela mulher que eu tanto amava me fizeram ver o quanto estava fazendo mal às pessoas em minha volta. E decidi sair para uma longa caminhada de reflexão. Parti em direção ao vale alpino de Chamonix, em território francês. Sentia-me arruinado, mas aquelas paisagens selvagens e eternas não haviam mudado nada, e isso me dava esperança para recuperar a força perdida nos últimos anos.

Estávamos em agosto e o tempo parecia firme. Comecei minha viagem a cavalo, mas depois, quando as estradas se tornaram mais íngremes, troquei-o por uma mula.

As montanhas e precipícios imensos me cercavam por todos os lados. Castelos em ruínas erguiam-se em vários cantos. As inúmeras cascatas soavam como trovões nos meus ouvidos. Nada poderia superar a grandeza dos Alpes, com suas pirâmides brancas e brilhantes que pareciam pertencer a outro planeta.

Percorri estradas margeadas por geleiras, ouvindo ao longe o rumor de avalanches de gelo. Atravessei uma ponte sobre o rio Arve e alcancei, enfim, o vale de Chamonix. A essa altura, imensas geleiras se aproximavam da estrada. Podia ver se aproximar o magnífico Mont Blanc, que se erguia entre as agulhas nevadas que o cercavam. Horas depois, finalmente cheguei a uma pequena aldeia. Exausto, passei a noite numa cabana abandonada.

Na manhã seguinte, parecia que a paisagem toda havia desaparecido. Uma espessa névoa tomava de assalto todo o vale, como também os meus pensamentos. Começou a chover torrencialmente, mas o que eram a chuva e a tempestade para mim?

Continuei subindo em direção ao pico do Montanvert. Viajava sozinho, sem guia, pois conhecia a trilha de passeios feitos com o meu pai, quando ainda era pequeno. A subida era íngreme e a trilha, perigosa. O menor ruído podia provocar uma avalanche – um mundo de gelo a desabar sobre a cabeça do viajante.

Era o início da tarde quando atingi o cume do Montanvert. Desmontei e sentei-me numa pedra, para apreciar o mar de gelo que se estendia lá em baixo. Foi quando uma visão se formou ao longe: o vulto de um homem avançava em minha direção, numa velocidade sobrenatural. Ele saltava sobre as fendas do gelo, escalando a escarpa com incrível facilidade.

Não foi preciso que se aproximasse muito para que pudesse identificá--lo. Era ela, a abominável criatura que eu havia criado! Meu primeiro instinto foi fugir, mas uma perturbadora fraqueza me invadiu. Mas, para que fugir? – pensei –, ele me alcançaria de qualquer maneira!

Tremi de ódio e de horror. Restabeleci minhas forças e decidi travar com ele um combate mortal. Lutaria até que um de nós – ou os dois – morresse.

Quando se aproximou, percebi em seu rosto uma profunda angústia, um misto de desprezo e maldade. Sua feiúra era quase intolerável para a visão humana. Não me contive e esbravejei:

– Demônio! Como pode ter coragem de vir até mim depois do que fez comigo? Para pagar por seus crimes, sua miserável existência teria de ser destruída mil vezes! Fora, criatura, antes que eu seja obrigado a reduzi-lo a pó!

Foi quando, para o meu mais completo espanto, a criatura falou!

– Eu já esperava por essa reação – disse ele, com voz rouca mas firme. – Os homens odeiam os desgraçados, logo devo ser odiado. E devo ser odiado mais do que todos, pois sou a pior entre as criaturas vivas. Até você, meu criador, me detesta e rejeita! Nós estamos ligados por laços que somente a morte de um ou de outro poderá romper... Você quer me matar, mas como ousa brincar assim com a vida?

– Monstro abominável! – gritei, ao saltar sobre ele.

Minha criatura esquivou-se facilmente. E prosseguiu:

– Tenha calma. E não tente de novo me atacar ou vai se arrepender. Sou muito maior, mais forte e mais resistente. Afinal, foi você mesmo que me fez assim! Oh, Frankenstein, não seja justo apenas com os outros. Lembre-se de que sou sua criatura. Deveria ser seu Adão, mas sou apenas um anjo caído, expulso do paraíso. Em toda parte vejo felicidade, mas parece que somente eu não tenho direito a ela! E por quê? Por causa do aspecto repulsivo com que você me criou!

– Assassino! – reagi. – Eu não o criei para provocar a morte e a destruição!

– Acredite em mim, Frankenstein, eu era bom e minha alma transbordava de amor. Mas a intolerância dos outros me ensinou a odiar. Agora, meu destino está em suas mãos: faça-me feliz e voltarei a ter virtudes.

– Virtudes? – gargalhei, nervoso e descontrolado. – Como pode um assassino falar de amor e virtude?

– Se meu próprio criador me abomina, o que posso esperar dos outros? Todos me querem longe, me odeiam... As escarpas das montanhas são meu refúgio. Meu lar são as cavernas de gelo, a solidão. Para mim, as tempestades de neve são mais amigas e solidárias do que qualquer ser humano. Se a humanidade tomasse consciência de que eu existo, faria como você: se armaria para me destruir!

A criatura percebia a minha repulsa. Mas fiquei quieto, ouvindo-o falar:

– Neste momento, só lhe peço uma coisa: ouça a minha história. Ela é longa e estranha... Mas aí você decidirá. E de sua decisão depende o meu destino – concluiu. E sugeriu que fôssemos a uma cabana na montanha, onde estaríamos protegidos do frio intenso.

Meu coração estava pesado. Senti quais eram os deveres de um criador com sua criatura. Devia ao menos ouvir o que tinha a dizer. Ele estava animado, parecia mesmo feliz por ter a oportunidade de falar comigo. Acendeu a lareira. Sentei-me ao lado do fogo. E ouvi sua história.

11. A voz da criatura – os primeiros tempos

á muita lenha para mantê-lo aquecido enquanto falo, Victor Frankenstein. Acomode-se e fique atento. Imaginei muitas vezes este nosso encontro...

O início da minha existência é um tempo confuso, incerto, não me lembro muito bem... A primeira memória é a da luz. A luz é a primeira coisa de que me lembro. Foi como se tivesse sido atravessado por um raio. Vi, ouvi, senti, cheirei... tudo ao mesmo tempo!

Abri os olhos e senti um forte impulso de me levantar. Como se tivesse uma incontida sede de viver. Puro instinto. O instinto da vida... Você que é meu criador deve saber o que isso significa.

Eu não me lembro de tê-lo visto. Quando me levantei, esbarrei em alguns corpos, todos opacos, imóveis. Saí andando. Vaguei por alguns quartos, e senti medo. Muito medo. E frio, por isso peguei, quase por instinto, um casacão que encontrei pendurado ao lado de uma porta que me levou por uma longa escada até a rua.

O dia estava nascendo e a luz do Sol me deixava fatigado. Busquei sombras numa floresta próxima do prédio de onde saí. Era a floresta de Ingolstadt. À medida que andava, perdido e sem saber para onde ia, o cansaço tomava conta de mim. E com ele a fome. No começo, comi tudo que me pareceu degustável, como folhas e frutos. E então senti sede, que pude saciar no primeiro riacho que encontrei. Bebi tanta água! Assim que me levantei, caí no chão e dormi.

Acordei e estava escuro. À minha volta, só silêncio, o tenebroso silêncio da solidão. Senti frio, medo, desamparo e uma forte dor no peito. E chorei incontrolavelmente. Mas, ao enxugar as lágrimas e olhar para o céu, avistei uma suave luz azulada deslizando suavemente entre as copas das árvores. Aquela sensação de prazer me fez descobrir, sem saber ainda, o que era a beleza.

Não tinha ideias claras em minha mente. Tudo estava confuso. Foi assim que passei meus primeiros dias e minhas primeiras noites.

Numa tarde, atormentado por um frio entrecortante, encontrei uma fogueira deixada acesa por algum andarilho da floresta. Ao me aproximar, o calor do fogo produziu em mim uma intensa alegria. Procurei agarrar aquela luz quente, mas, como uma criança testando seus limites, queimei minhas mãos.

Colhi alguns galhos para aumentar o fogo, e percebi que apenas os que estavam secos viravam brasa. Refleti sobre isso e tentei imaginar como faria para produzir o fogo novamente caso aquela fogueira se apagasse, mas não cheguei a nenhuma conclusão.

Os andarilhos haviam deixado restos de comida espalhados pelo chão. Ela era muito mais saborosa do que a que havia provado até aquele momento. Estava cozida. Colhi frutos e os assei na brasa. Alguns se estragaram, mas as nozes e as raízes ficaram muito melhores.

Depois dessa noite, ainda perambulei por mais três dias. Quando percebi que andava em círculos pela floresta, sem direção, resolvi seguir o sentido do Sol poente. Na terceira noite de caminhada, fui atingido por uma chuva branca e fofa que depois aprendi ser a neve. Mas ela era fria e meus pés pareciam congelar-se com tanto gelo e umidade. Necessitava de comida e abrigo. E, ao amanhecer, avistei uma pequena cabana no alto de uma colina.

Aproximei-me dela. Sua porta estava aberta. Havia um homem sentado perto de um fogo. Era o primeiro ser parecido comigo que havia encontrado, embora muito menor. Ao ouvir um ruído, virou-se e me viu.

Seu grito foi tão forte que até hoje parece ainda ecoar em meus ouvidos. Deu um salto, olhou para os lados e correu, saindo pela porta dos fundos da cabana. Tentei detê-lo, mas ele sumiu floresta adentro. Não fui atrás dele, voltei e sentei-me ao lado do fogo. E comi de seu alimento.

Sobre a mesa, encontrei pão, queijo, leite e vinho. Devorei tudo, menos o vinho, que não me agradou nem um pouco. Estava muito cansado e sentia-me protegido naquele lugar. Não sabia se o velho homem voltaria, mas fui atraído por uma espessa coberta atirada num canto. Enrolei-me nela e deitei-me diante da lareira.

Quando acordei, o Sol já havia nascido muitas horas antes. Decidi aproveitar a luz aquecida que brilhava no branco do campo à minha volta. Recolhi o resto de comida em uma sacola e parti. Caminhei por várias horas e, antes do anoitecer, cheguei a uma aldeia.

12. Minha primeira família

Que visão deslumbrante! A aldeia era formada por cabanas, chalés, casinhas e grandes construções, alinhados um ao lado do outro, organizados, diferentemente dos meus pensamentos. Havia jardins coloridos por flores, além de leite e queijo nas janelas...

Caminhei por algumas ruas e não vi sequer uma alma viva. Parei diante de uma grande construção, de onde vinha um vozerio. Suas portas estavam abertas. Decidi entrar. E mal tinha posto os pés na soleira, algumas crianças começaram a gritar. As mulheres ao seu lado olhavam para mim e desmaiavam. O burburinho chamou a atenção de alguns homens, que se aproximaram para ver quem havia chegado. Eles me viam e corriam para os lados, assustados. Alguns decidiram me enfrentar e começaram a atirar coisas em mim, inclusive pedras.

Corri daquele lugar e as pessoas vieram atrás. A aldeia parecia levantar-se inteira contra mim. Saí em disparada, como um condenado fugiria da forca. E como tenho muita força e grande agilidade, logo me escondi novamente na floresta.

Andei por cerca de uma hora, até chegar a uma casinhola, uma pequena construção velha de madeira com uma portinhola num canto. Havia um grande casebre ao lado, mas como a casinhola estava vazia, entrei nela e me refugiei por um longo tempo, apavorado, em silêncio. Ali, naquele miserável refúgio, ao menos eu estaria protegido contra a barbárie dos homens que me atacaram.

Uma pequena luz entrava pelas frestas das madeiras e já era suficiente para mim. O chão de terra com um pouco de palha espalhada representava um grande conforto. Logo escutei um ruído de água corrente, que transbordava de um poço de água fresca bem ao lado de onde eu estava. Nem precisei sair para matar minha sede, bastando esticar as mãos em forma de cuia para beber.

Com o passar de algumas horas, senti-me seguro e decidi ficar por ali, alojando-me o melhor que pude. A proximidade com a chaminé do casebre garantia um certo aquecimento ao meu esconderijo. Hoje percebo que aquele lugar havia sido um chiqueiro, mas para mim era um verdadeiro paraíso, principalmente comparado com o meu primeiro lar, a floresta.

Devo ter adormecido por algumas horas e fui despertado pelo barulho de passos. Assustado, ajeitei-me para observar o movimento fora do meu esconderijo. Vi uma moça, com um balde na cabeça, aproximando-se da casa. Depois, um rapaz trazendo um carregamento de lenha. Assim que entraram na casa, descobri uma pequena abertura no teto do meu refúgio, que dava para uma grande janela. Podia observar toda a sala, com alguns móveis, uma lareira acesa e... um velho sentado em uma cadeira de balanço.

O casal de jovens cuidava do velho com muita dedicação, respeito e amor. Sempre que estava só, percebia o velho com um ar cansado, muitas vezes com o rosto apoiado entre as mãos. Mas quando um dos dois se aproximava, ele se esforçava para ficar bem e conversar.

No fim dessa tarde, vi uma cena que me emocionou. A moça, parecendo muito cansada e sempre com o mesmo olhar triste, ajoelhou-se aos pés do velho, que permaneceu sentado. Apoiando a cabeça em seus joelhos, a moça chorou. O velho acariciou sua cabeça e também deixou escorrer algumas lágrimas. Nesse instante, percebi que era cego. Em um canto da sala, o rapaz a tudo assistia, com uma dor profunda expressa em seu rosto. Não sei o que tinha aquela família, mas sua tristeza parecia infinita.

À noite, tive uma alegre surpresa: descobri que eles tinham uma forma de prolongar a luz do dia, por meio da luz de velas. Seu brilho e inconstância eram encantadores, como uma minifogueira.

Na manhã seguinte, fui despertado pelo som de um instrumento. Aprendi depois que se tratava de um violino. O velho é que o tocava. Tinha um som mais doce que o canto do rouxinol. O cabelo grisalho e o ar bondoso do velho camponês me inspiravam confiança, os gestos delicados da moça me instigavam amor, e a ternura e o respeito do rapaz pelo velho e pela moça propiciavam em mim um certo orgulho. Era um sentimento estranho, mas entendi que começava a me sentir parte daquela família, compartilhando sua intimidade, conhecendo seus sentimentos... Mas eles ainda não me conheciam.

Eu não podia me apresentar ainda. Continuava assustado com a reação das pessoas da aldeia, agredindo-me com paus e pedras. E temia assustá-los caso me revelasse um refugiado em sua própria casa. Foi quando decidi apresentar-me aos poucos, sem que eles ainda soubessem de mim.

Cansado de pegar escondido comida de sua despensa, voltei a colher alimentos para mim na floresta, a fim de não prejudicá-los. E para ajudar o rapaz, comecei a cortar lenha durante a madrugada, sem que me vissem. Fazia o que podia para retribuir o fato de me darem abrigo, mesmo que não soubessem disso. Por enquanto, não podia ser visto.

Certa noite, notei que o rapaz, antes de dormir, costumava sentar-se ao lado do pai, com uma vela ao lado e algo em suas mãos. Ele começava a falar, mas parecia não esperar por nenhuma resposta. Observando melhor, percebi que realmente não estavam conversando: o rapaz estava lendo para o velho. Foi o começo do meu interesse pela ciência das palavras e das letras.

13. O segredo das palavras

Eu ficava muito intrigado com o fato de aquela família parecer tão infeliz. O velho, sempre melancólico, dedicava longas horas ao violino ou à meditação. O rapaz e a moça passavam os dias entregues aos mais diversos trabalhos domésticos e à busca pela própria sobrevivência. Vi, muitas vezes, os dois chorando longe da casa, sozinhos.

Eles não pareciam felizes. E eu não via motivo para essa infelicidade, por isso também me sentia infeliz. Eram criaturas adoráveis, porém tão tristes... Por quê?, eu me perguntava todos os dias. Eles tinham uma casa aconchegante e muito confortável. Tinham fogo para aquecê-los durante o inverno. Plantavam e colhiam deliciosos alimentos. Cobriam-se com muitas roupas. E, o mais importante, tinham uns aos outros para conversar, compartilhar a comida, trocar afetos... Eles se amavam!

Mas o que aquelas lágrimas queriam dizer?

Enquanto procurava entendê-los, pude desvendar o segredo da comunicação. Notei que as palavras que diziam um para o outro causavam prazer ou desconforto, sorrisos ou tristeza. Parecia uma ciência dos deuses e eu queria dominá-la. No fundo, queria ser como eles. Mas eu não era...

Com grande perseverança, e após muitos ciclos de lua, aprendi os nomes que davam às coisas do dia a dia e da vida familiar, como lenha, fogo, pão, leite, água, vento, chuva, neve, frio, calor, inverno, céu, terra, e muitos outros.

Depois, aprendi os nomes de meus queridos amigos, da minha família, ainda que eles não soubessem disso. Os jovens tinham vários nomes, mas o velho tinha apenas um, que era pai. A moça era chamada de irmã, filha ou Ágatha. O rapaz era chamado de irmão, filho ou Félix.

Foi todo um inverno de aprendizado e de felicidade. Eu compreendia o que diziam e treinava, sozinho, para pronunciar todas aquelas palavras. Fui aos poucos aprendendo a construir pensamentos em palavras, a me expressar e comunicar, apesar de ainda não poder falar com ninguém mais além de mim.

Minha vida era a vida deles. Se estavam felizes, também me alegrava. Se estavam tristes, eu igualmente me deprimia. Embora não desconfiassem da minha presença logo ali ao lado, eles me pertenciam e eu pertencia a eles.

Naquele inverno, outro fato muito importante aconteceu comigo. Além de desvendar o segredo das palavras, outro mistério estava a me rondar: a leitura.

Essa atividade me deixava intrigado. Mas, ao perceber que as palavras que Félix pronunciava ao ler para o seu pai eram semelhantes àquelas que aprendi a dizer, concluí que o papel trazia sinais que traduziam nossas falas. E eu queria entender esses sinais o quanto antes!

Eu tinha um sonho: apresentar-me aos meus protetores e partilhar sua amizade. Mas decidi que ainda não era o momento certo para isso, pois precisaria antes dominar com perfeição a sua língua, incluindo a leitura. Imaginava que essa era a única forma de fazer com que minhas feições não interferissem em nossos sentimentos.

Eu ainda não me aventurava a sair à luz do dia, temendo sofrer o mesmo tratamento que me dispensaram na aldeia. Por isso, à noite a floresta parecia reservada apenas para mim.

Como meus pensamentos agora já se tornavam mais ágeis, passei a me dedicar noites a fio ao aprendizado de falar melhor. Treinava em voz alta entre as árvores, conversando com pássaros da noite, formigas e outros insetos. Minha voz não reproduzia um som suave como as entonações humanas, mas já repetia todos os sons com certa facilidade. Pensar em conversar com o velho, com Ágatha e com Félix contagiava meu coração. O passado já havia se apagado de minha memória, o presente estava tranquilo e o futuro acenava com alegria e muitas esperanças.

De repente, certo dia uma mulher bateu à porta do casebre. À distância, observei que se apresentou à moça e entrou na casa. Félix teve uma reação eufórica ao conversar com ela pela primeira vez, e o velho apenas a cumprimentou, como se desconfiasse de sua presença.

À noite, pude me aproximar da janela da casa e ouvir a conversa. Descobri que ela se chamava Safie e viera de um outro país, o mesmo país de onde vieram meus amigos. E que trazia notícias de familiares que eles haviam deixado para trás. Todos choraram muito, e eu também, pois, afinal, entendera um pouco sobre a tristeza que os abatia cotidianamente: eles estavam exilados de sua terra de origem, onde tinham família, riqueza e esperança. E ali, naquelas terras suíças e pobres, restava-lhes muito pouco, além do fato de ainda terem um ao outro.

E o segredo das palavras escritas me foi desvendado justamente por causa daquela visita. Safie ficou com eles por cerca de dois meses, e nesse período Félix ensinou-lhe a ler e a escrever: por meio de uma tábua pendurada na parede, onde escreviam e pronunciavam as palavras, aprendi a ler. Aquelas letras escritas a carvão abriram um novo mundo para mim, mas também me aprisionaram nele.

As aulas de Félix para Safie me fizeram aprender muito sobre a história da humanidade. Fiquei sabendo da genialidade dos gregos, das guerras e das virtudes dos romanos, da tolerância dos asiáticos, da cavalaria, do cristianismo e dos reis. Essas maravilhosas histórias provocaram em mim sentimentos contraditórios. Eu me perguntava: seriam os homens poderosos e magníficos e ao mesmo tempo maus e desprezíveis? Como poderia uma criatura ser tão parecida com um deus e ao mesmo tempo com um verme?

Aprendi ainda sobre a estranha organização da sociedade humana, com a divisão de propriedades, a existência de ricos e pobres vivendo no mesmo espaço, e muito mais. E todo esse conhecimento me fez pensar mais em mim, martelando uma pergunta na minha cabeça: quem sou eu? Ou melhor: o que sou eu?

Ignorante a respeito da minha origem, sabia que não tinha dinheiro, amigos ou propriedades. E que era dotado de uma aparência anormal, monstruosa para os outros homens. Tinha minhas vantagens, é claro: era mais ágil e capaz de sobreviver com um mínimo de alimentos, suportava melhor o frio e o calor intensos. Era diferente, muito diferente dos seres humanos. Seria, então, um monstro sobre a face da Terra?

Aprendi sobre a concepção, o nascimento, a diferença entre os sexos, a evolução, as doenças... e a família. E me perguntava: onde estão meus irmãos e os outros seres como eu? Tenho pai, mãe? Tive infância? Não, não e não... Meu passado era um vazio! Parecia que eu havia nascido daquele jeito, com aquela altura, aquele tamanho, aquela idade...

Certa tarde em que todos saíram para passear, entrei no casebre e explorei todos os seus cantos. E tomei emprestado um livro que já havia me chamado a atenção antes. Chamava-se "Paraíso Perdido". Debrucei-me sobre aquele tesouro e me senti iluminado. Ele trazia a ideia de um Deus poderoso, sempre em guerra com suas criaturas. Aquela parecia a minha própria história!

Como Adão, eu não tinha ligação com nenhum outro ser antes de mim. Mas Adão havia sido criado por Deus, tornando-se perfeito, feliz e protegido de seu criador. Eu não, era um desgraçado, solitário e desprezado ser, que nem sabia quem havia me criado!

Pior que tudo isso foi quando tomei consciência de minha monstruosidade. Certa vez, indo matar a sede em um riacho, vi meu reflexo na água transparente. E eu mesmo tomei um susto! No início duvidei que fosse minha a imagem refletida no espelho d'água. Mas quando me convenci de que aquela era mesmo a minha aparência, fui invadido por um sentimento de amargura indescritível. Sentia-me o pior de todos os seres! Eu já havia visto muitos seres humanos, e nenhum tinha as minhas características. Nenhum ser humano é tão grande e tão deformado como eu! E pensava: o que fiz ao meu criador para que me quisesse desse jeito?

Mas eu mal sabia o que ainda estava por vir, que desgraças a minha deformidade ainda me reservava!

Dentro de um bolso do casacão que peguei do laboratório, antes de sair de Ingolstadt, encontrei o seu diário, Victor Frankenstein. Assim que aprendi a ler as primeiras palavras, comecei a entender do que se tratava aquele caderno. E à medida que adquiri novos conhecimentos, comecei a desvendá-lo, até perceber que continha a fórmula que me deu a vida. Neste diário que tenho em minhas mãos está o segredo da minha concepção, ou melhor, da minha construção.

É difícil pensar assim, que fui construído e não concebido, que sou uma aberração da natureza e não um ser humano. Como alguém pode ter tido coragem de construir uma criatura como eu?

Este diário contém os quatro meses que precederam o meu nascimento, se é que podemos dizer assim. É melhor chamar de aparecimento: um dia, há pouco mais de dois anos, eu apareci neste mundo! E agora estou aqui para importuná-lo, meu criador!

A minha origem maldita está aqui, registrada nestas folhas que sua mãe entregou a você. É dela esta dedicatória, não é? Mal sabia ela para que serviriam estas folhas em branco... Páginas que me dão náuseas. "Maldito criador!", foram minhas palavras de agonia. Afinal, se até meu criador se afastou de mim, que monstro devo ser! Deus fez o homem à sua semelhança, belo e fascinante. E a mim, o que é que meu criador fez? Fui condenado a ser abominável e só.

14. A revelação

Passei o outono e o verão refletindo, solitário, sobre a minha condição. Mas eu observava meus protetores, e os via amorosos, generosos, solidários. E aos poucos fui ganhando confiança de que teriam compaixão da minha monstruosidade. Confiava que não fechariam a porta a alguém que implorasse compaixão.

Os pobres que batiam à porta deles eram sempre acolhidos com generosidade e um pedaço de pão. Nunca um deles saiu de mãos vazias. O que me fazia lembrar que comigo tinha sido diferente, pois meu próprio criador havia me abandonado.

Após um ciclo completo de estações vivendo ao lado daquela família, sentindo-me parte integrante dela, decidi que era a hora de me apresentar a eles.

Num dia de sol radiante, aproveitei que Ágatha e Félix haviam saído, deixando o velho sozinho em casa, e bati à sua porta. Ele tocava seu violino. Ao ouvir minha batida, parou a música:

– Quem está aí? – perguntou. – Entre!

– Perdoe-me por incomodar – disse eu, confiante na cegueira do velho, sabedor de que não me julgaria pela aparência antes de me conhecer. Mas decidi mentir: – Sou um andarilho em busca de repouso. Posso ficar alguns minutos ao lado de seu fogo?

– Mas é claro... Entre de uma vez. Pena que meus filhos não estejam para lhe servir algo de comer. Como sou cego, não posso lhe oferecer muita coisa, mas se estiver vendo um pedaço de pão por aí, sirva-se.

– Não se preocupe, senhor. Tenho o que comer. Preciso apenas de um pouco de descanso e de calor.

Silenciamos por um certo tempo. Tive a impressão de que o velho me havia reconhecido, mas isso não seria possível... Fiquei confuso.

– Pela sua maneira de falar, forasteiro, parece que também vem da França...

– Não, senhor – respondi, feliz por haver sido reconhecido como alguém quase da família. – É que fui educado por uma família francesa... Na verdade, estou buscando uma família amiga para pedir proteção. Não tenho ninguém no mundo, nem família, nem amigos. A família que estou procurando não me conhece, nunca me viu, por isso estou temeroso de não ser bem recebido.

– Não se desespere. O coração dos homens é cheio de solidariedade e caridade. Confie em suas esperanças – ele me animou. – Se essa família é boa e carinhosa, não há com o que se preocupar.

– Temo ser considerado um monstro detestável.

– Mas por quê? Fez mal a alguma criatura antes?

– Não, de jeito nenhum, nunca fiz mal a ninguém!

Ele voltou seus olhos vazios em minha direção e perguntou quem era essa família que procurava. Foi quando ouvi os passos de Ágatha e de Félix chegando ao casebre. Era aquela hora ou nunca mais.

Descontrolado, comecei a chorar e atirei-me aos seus pés, agarrando--lhe as mãos:

– Salve-me! Proteja-me, senhor! Esta é a família que busco. Por favor, não me abandone!

– Meu Deus, quem é você? – perguntou ele no momento em que Félix e Ágatha entraram na sala.

Foi triste. Ágatha desmaiou e Félix deu um salto sobre mim, tirando--me de perto de seu pai. Furioso e com uma força incrível, empurrou-me para um canto e começou a me bater com uma bengala. Eu poderia ter destroçado o pobre rapaz, como um leão com sua presa, mas meu coração murchou dentro de mim. E me contive, aos prantos.

Recuperei minhas forças para me levantar e, inundado de dor e angústia, fugi correndo para a floresta.

15. Maldito criador!

Por que estou vivo? Por quê? Naquele instante em que um raio luminoso me trouxe à vida poderia ter resistido e permanecido no mundo dos mortos, ao lado dos vermes que antes de mim se alimentavam. Aliás, quantos sou eu? De quantas partes sou formado? Quantas pessoas convivem em mim? Esta voz pertence ao mesmo dono do meu cérebro? E este rosto, é o mesmo que antes se amargurava nas palmas destas mãos?

Ah, maldito... Maldito criador! Por que continuei a viver depois de ter perdido a derradeira esperança de ter uma família?! Por que meus sentimentos passaram a ser apenas de ódio e de vingança?

Naquele dia, assim que a noite caiu, já não me importava mais de ser visto ou ouvido: gritei, gritei com toda a força dos meus pulmões, dando vazão à minha angústia com gritos desesperados pela floresta. Passei uma noite miserável! O inferno inteiro queimava dentro de mim!

A partir daquele instante, declarei guerra a toda a espécie humana, sem exceções! O meu alvo passou a ser, principalmente, o meu criador, aquele que me lançou neste mundo injusto e intolerável!

Assim que o dia amanheceu, voltei à casa da família que falsamente me iludiu, aqueles que me rejeitaram sem sequer ter me conhecido ou ouvido o que eu tinha a dizer. Mas encontrei a casa vazia. Parecia que a família, em poucas horas, tinha reunido todos os seus pertences e fugido dali. Nunca mais vi nenhum deles.

Contrariado, enfiei-me no meu esconderijo e lá passei todo o dia pensando no que havia acontecido. À noite, espalhei material combustível por todo o casebre e, com o fogo que eles mesmos haviam deixado, acendi um graveto e incendiei tudo, como se quisesse transformar em fuligem o meu sonho desfeito. E sob o céu avermelhado, dancei com fúria ao redor da casa, comemorando a minha própria desgraça.

E agora, com o mundo inteiro diante de mim, para onde iria? Aonde quer que fosse seria apedrejado e massacrado... Então me lembrei do criador – "Victor Frankenstein", dizia seu diário. Genebra era seu lar. Assim, foi para lá que me dirigi.

Usando o Sol como meu único guia e o ódio como motivação, viajei durante a noite por meses a fio. Saí no final do outono e caminhei por todo o inverno. O Sol aquecia pouco, muito pouco. Chuva e neve caíram sobre minha cabeça. Rios transformaram-se em espelhos de cristal e com eles racharam-se minha ternura e meu amor-próprio.

Lembro que era o primeiro dia da primavera quando percebi que estava próximo a Genebra... O Sol já era convidativo para a caminhada, os pássaros cantavam, as flores se abriam. E o prazer e a alegria que eu pensava estarem mortos reacenderam-se. É o poder da natureza, aprendi. E por um momento achei novamente que poderia ser feliz.

Mas a desgraça me aguardava, batendo à minha porta, implorando para entrar...

16. William Frankenstein

Na semana que antecedeu minha chegada a Genebra, fui do céu ao inferno em poucos dias. Caminhando à margem de um rio de fortes corredeiras, ouvi algumas vozes, por isso escondi-me entre arbustos para não ser visto. De repente, uma garotinha passou bem perto de mim, mas sem perceber a minha presença. Correu em direção à água, escorregou na margem enlameada e caiu na correnteza.

Num impulso, corri atrás dela e me atirei na água para salvá-la. Ela se debatia, assustada. Mas com o meu tamanho e a minha força, não foi difícil resgatá-la. Deitei-a na margem do rio, mas ela estava sem sentidos. Virando-a de lado, consegui reanimá-la. Mas assim que voltou a se mexer, ouvi passos atrás de mim. Era um camponês, e ao que parecia era a pessoa com quem ela brincava de fugir.

Ao me ver, o homem tremeu, arregalou os olhos e, com toda a coragem que conseguiu reunir, avançou sobre mim, agarrou a menina e fugiu com ela para dentro da floresta. Não sei bem por que, mas corri atrás dele. Quando me viu, o homem parou, puxou uma arma de fogo e atirou em mim. Foi essa a recompensa pela minha boa ação.

Salvei a vida de um inocente ser humano e, em troca, ganhei um tiro que me fazia contorcer de dor, com a carne e o osso do ombro estraçalhados por uma bala. O que mais me restava a não ser concluir que toda a humanidade era minha inimiga?

A ferida se fechou sozinha e em poucos dias cheguei a Genebra.

Era quase noite quando alcancei os portões da cidade. Fiz uma pausa num bosque perto do lago, a fim de refletir sobre como encontraria meu criador. Estava deitado sob uma árvore, dormindo, quando fui despertado pela aproximação de uma bela criança.

Enquanto observava o pequeno menino, tive a seguinte ideia: essa criaturinha não deve ter preconceitos e horror contra a feiúra; se eu o pegar e educar como meu amigo, minha tristeza solitária diminuiria... Assim, de um impulso agarrei o menino quando ele passava por mim. Quando olhou para mim, pôs as mãos sobre os olhos e deu um grito estridente. Obriguei-o a me olhar:

— Veja dentro dos meus olhos... Eu sou um homem bom e não pretendo machucá-lo!

— Solte-me! — Ele brigava e esperneava, tentando se livrar de mim, que o segurava no alto. — Monstro! Você quer me matar, seu ogro?! Solte-me ou vou chamar o meu pai!

— Pode chamar à vontade... Você nunca mais vai vê-lo. Vou levá-lo comigo!

— Monstro horroroso! Me solte! Você sabe quem é meu pai? Nem tente me prender ou meu pai vai acabar com você! Eu sou filho do doutor Frankenstein! Ele vai puni-lo...

— Frankenstein? Victor Frankenstein é seu pai?

— Victor é meu irmão, seu monstro... Meu pai é o doutor Alphonse Frankenstein. Ele é médico e é também conselheiro da cidade. Você vai pagar por fazer isso comigo!

Não pude acreditar na coincidência. De repente, sem saber como encontrá-lo, vejo-me com seu irmão em minhas mãos. Era sangue do meu inimigo, ou do meu criador, ou talvez de mim mesmo. Mas o que importava a ascendência genética àquela altura? Eu tinha em mãos a vingança em carne e osso!

O garotinho ainda lutava e me chamava de todos os nomes que pudessem ofender meu coração. Mas seus insultos foram diminuindo quando fechei minhas mãos em torno de sua garganta, querendo apenas silenciá-lo. Mas, de repente, seu corpo ficou imóvel e eu o deixei cair aos meus pés. No fundo, acabei feliz por descobrir que também podia criar desespero em alguém. Meu criador também iria sofrer. Eu poderia atormentá-lo e até destruí-lo.

Reparei em alguma coisa brilhando no peito do menino. Peguei aquele berloque com o retrato de uma mulher muito bela. Deixei a criança morta no chão e fui me esconder em algum canto ali perto. Minha ideia era ficar de tocaia à sua espera. Mas você não veio...

Muita gente procurou pelo garoto naquela noite. Uma delas, de nome Justine, parecia tão desesperada e infeliz que resolvi completar minha maldade incriminando-a. A certa altura da busca, cansada e abalada, ela caiu no sono ao lado de um celeiro. Aproximei-me dela. Pensei em acordá--la, mas ela também me rejeitaria. Então tive uma ideia: pus o berloque no meio de suas coisas e parti.

Hesitei em continuar por ali ou ir para outro lugar e acabar de uma vez com minha vida e meu sofrimento. Mas decidi me exilar nestas montanhas, por onde venho vagando, consumido por uma paixão ardente que só você, Victor Frankenstein, pode satisfazer.

Hoje, quando o vi de longe, achei que estivesse a minha procura. Afinal, o que levaria um homem como você a se arriscar por este território perdido no meio do nada, tão próximo do céu como do inferno?

Aqui, no alto destas montanhas, não nos separaremos enquanto você não atender a meu único pedido.

Sou só e infeliz.

A humanidade não quer nada de mim, a não ser que eu deixe de existir. Escute, doutor Victor Frankenstein: ninguém ousará viver comigo a não ser que seja alguém tão monstruoso como eu.

Você já deve ter adivinhado... Minha companheira deve ser da mesma espécie e ter os mesmos defeitos e deformações. Exijo que você crie uma esposa para mim!

17. Alguém para amar

Ouvi o relato de minha doce e monstruosa criatura por muitas horas. Trocamos a lenha várias vezes. Enquanto isso, meus sentimentos se alternavam muito, ora odiando e querendo exterminá-lo, ora sentindo compaixão e querendo adotá-lo. Mas quando descreveu o assassinato de meu querido William... Oh, não, ele não merecia compaixão. Mas e agora, que loucura era essa que ele estava me pedindo?

— Você deve criar uma fêmea para mim, uma mulher com quem eu possa viver e trocar sentimentos. Sei que pode fazer isso. Eu tenho esse direito e você não pode se recusar a me conceder...

— Nem sob tortura faria uma coisa dessas! Você pode me tornar o mais infeliz dos homens, mas nunca conseguirá isso de mim. Criar outro ser como você? Para assombrar o mundo e exercer sua maldade sobre inocentes? Não... Quem pensa que eu sou?

— É meu criador. E também o futuro criador de uma mulher para mim. Acha que sou mau porque quero isso? Você está errado e deixe-me explicar por quê...

— Ora, não me venha com seus lamentos...

— Lamentos? Sou mau porque estou só. A humanidade me odeia e me despreza, a começar pelo meu criador. Você se sentiria um assassino se me atirasse do alto desta montanha?

— Não.

– Não? E por que eu teria piedade dos que me desprezam? Se não posso inspirar o amor, vou inspirar o medo, a começar por você! Farei com que sofra até seus últimos dias... Vai se arrepender de ter nascido! – ameaçou-me ele, com fúria descomunal.

Veias e rugas contorciam-se em seu rosto e pescoço remendados. Meu Deus, como posso ter criado um ser assim?

– Você não se dá conta de que é o motivo da minha revolta? – perguntou-me, mais calmo. – Eu posso dar amor a quem esteja disposto a me amar. Posso ser bom com quem não me deseje o mal. O que lhe peço é razoável, pense bem... Construa para mim uma criatura de outro sexo, uma fêmea tão horrível como eu. Seremos dois monstros, isolados de todos, mas unidos e inofensivos, livres da angústia de ser rejeitado e perseguido.

Comecei a mostrar-me comovido. A criatura aproveitou e insistiu:

– Oh, meu criador, faça-me feliz! Permita que sinta gratidão por você, que eu possa receber a solidariedade de outro ser vivo... Não me negue esse pedido!

Ao entrar naquela cabana, a fim de ouvir sua história, estava disposto a morrer e levá-lo comigo para o inferno. Mas ele tinha outros planos. Na verdade, ele queria me fazer entender a natureza dos seus crimes... e também do meu crime maior, que é o de tê-lo trazido ao mundo!

Minha criatura era um ser de carne e osso como eu. E como eu, ele também tinha sentimentos e não queria passar a vida sozinho. Lembrei-me de minha querida Elizabeth, de nosso amor, de nossos planos... Se eu tive a coragem de dar vida a essa criatura, que direito teria de negar-lhe a paixão, o amor? Afinal, não éramos tão diferentes assim! Ambos tínhamos almas assassinas. E estávamos com os corações cheios de ódio...

– Não sei, não sei... Eu amaldiçoo a primeira luz que lhe deu vida!

Amaldiçoo estas mãos que o criaram! – tentei reagir.

– Como assim? Destruiria sua própria criação?

– Você é uma abominação!

– O mundo é que me rejeitou! Esperava que ao menos meu pai me aceitasse...

– Não sou o seu pai!

– Foi você que me fez como sou! Resgatou-me da morte e da decomposição...

– Foi um erro, um terrível erro!

– Pelo qual eu é que devo pagar? Por quê?

– Como por quê? Você procurou sua vingança no pobre William!

– Eu não queria machucá-lo... Queria encontrar você, mas o menino apareceu diante de mim e eu o matei sem querer... Sou muito forte e apertei seu pescoço mais do que devia...

– E Justine? Como pôde incriminar uma pessoa inocente por um crime que você cometeu!? Justo ela... que amava tanto meu irmãozinho!

– Agora você entende o tipo de criatura que criou?

– Um monstro!

– Seu filho... Um monstro, rejeitado por seu próprio pai, que agoniza por ser maltratado pela aparência. Isso não é justo!

– O que quer de mim?

– Já sabe: você não me deixa ser parte de sua família, então crie um outro ser igual a mim para que eu tenha a quem amar!

– Nunca!

– Você já fez uma vez, agora faça novamente. Não pode me deixar sozinho em um mundo tão cruel!

– Quer dizer que se eu concordar...

– Nunca mais irá nos ver! Jamais!

– E jura que será inofensivo?

– Não terei motivos para fazer o mal... Deixaremos a Europa para trás e você nunca mais saberá de mim!

Procurei refletir rapidamente. Tudo o que a criatura dizia fazia sentido. Ele parecia estar sendo honesto. Seu pedido era justo. E dessa forma minha consciência se tranquilizaria, pois ele deixaria de fazer mal aos meus semelhantes... Decidi atender a seu apelo.

– Preciso que seja discreto. E preciso de tempo.

– Serei paciente. Comece imediatamente o seu trabalho. Mas não tente me enganar, estarei por perto...

E me entregou o diário, meu querido e maldito diário, com todas as anotações necessárias para que eu pudesse criar um outro ser como o que havia criado antes. A ideia me arrepiava e me enchia de temor e de vergonha. Mas o que poderia fazer?

Pensei nas virtudes da minha criatura: bondade, generosidade, confiança – atributos quase extintos pela repugnância e arrogância da humanidade. Não fui capaz de rejeitá-lo... como qualquer pai faria.

Antes que eu pudesse mudar de ideia novamente, a criatura se foi. Pude vê-lo descer a montanha numa velocidade maior que a de uma águia voando, e desaparecer nas ondulações do gelo e nas entranhas das rochas.

18. Escravo da própria criatura

Levei mais de três dias para conseguir voltar para casa, em Genebra, atormentado pelos mais sombrios pensamentos. As estrelas, as nuvens e os ventos que me acompanharam pareciam zombar de mim. Queria ser transformado em um nada e ser abandonado numa caverna escura. Mas apenas uma missão se apresentava diante de mim na triste realidade da minha vida.

No entanto, foi por amor a minha família – a meu pai, a Ernest e a Elizabeth –, para salvá-los de um terrível destino, que havia concordado com aquela tarefa abominável. Meu próprio casamento com Elizabeth dependia dessas ações. Teria de cumprir minha promessa e esperar que o monstro partisse com sua companheira, para que eu próprio desfrutasse a união que finalmente traria paz a todos nós.

Não poderia construir uma nova criatura em Genebra, tão perto de casa. Tampouco em Ingolstadt, onde meu laboratório havia sido desmontado. Foi quando pensei na Inglaterra, no outro lado do continente. Afinal, se a criatura disse que estaria por perto, ou seja, que acompanharia meus passos, estando longe de casa deixaria a minha família em segurança.

Ocultei do meu pai as verdadeiras razões da minha partida. Pensando que estaria retomando meus estudos científicos para logo voltar a Genebra, deixamos meu casamento com Elizabeth marcado para dali a dois anos. Acreditando que tudo estaria resolvido até lá, empacotei os instrumentos químicos e parti.

Meu pai e Elizabeth trataram, sem me avisar, de que meu amigo Clerval me encontrasse no meio do caminho. Isso iria interferir na solidão que precisaria para a execução da minha tarefa. Mas, no começo da viagem, a presença do meu amigo não seria de todo um problema, pois talvez aliviasse a pressão que a criatura faria sobre mim. Com companhia, ele não se atreveria a aparecer, pensei.

Clerval e eu nos encontramos alguns dias depois de iniciada a viagem, em Estrasburgo. De lá, descemos o rio Reno, de barco, até Roterdã, passando antes por maravilhosas cidades da Alemanha, como Colônia. Alcançamos as planícies da Holanda quase um mês depois de partir. Em Roterdã tomamos o navio para Londres. Mas à medida que me aproximava de meu destino, a consciência daquela situação absurda pesava sobre meus ombros e sobre meu espírito. Afinal, havia me tornado escravo da minha própria criatura.

Era início de outubro quando avistamos os rochedos brancos da Grã-Bretanha. As margens do Tâmisa eram planas e férteis, e quase toda a cidade londrina nos trazia lembranças de algum fato da história. Até que finalmente avistamos os numerosos campanários de Londres, em especial o da catedral de St. Paul, e a Torre do Relógio com o seu Big Ben.

Londres seria então a nossa base. Mas Clerval tinha sede de instrução e novos conhecimentos. Uma de suas metas era visitar a Índia, a fim de estudar as diversas línguas locais. E a Inglaterra era o melhor ponto de partida para se chegar à Índia, pois os países tinham muitos vínculos políticos e econômicos.

Até fevereiro, poucos avanços havia feito em meus trabalhos. Sabia, na verdade, que precisava encontrar um lugar afastado para desenvolver minha tarefa. Torcia para que a criatura sofresse algum acidente, pondo um fim à minha aflição. Quando Henry partiu para a Índia e me vi só, comecei a coletar os materiais de que necessitava para minha segunda criação.

Essa etapa repugnante não merece ser detalhada. Passei pelos mesmos transtornos da primeira vez, mas desta feita não tinha tanto entusiasmo, pelo contrário: havia desenvolvido repulsa por aquele trabalho.

Parti para as Terras Altas do Norte, na Escócia, particularmente para as remotas ilhas Orkney. Aluguei uma casa no alto de um rochedo, onde não seria observado por ninguém. Meus vizinhos eram as ondas do mar batendo dia e noite contra a escarpa. Era uma casa miserável, com apenas dois quartos. Mandei reformá-la, comprei alguns móveis, instalei meus equipamentos e comecei a trabalhar. Tinha a certeza de que precisava terminar minha tarefa, mas resistia a me dedicar como deveria, como da primeira vez, em Ingolstadt.

Meses depois, podia notar meus progressos à custa de muito sangue-frio. Finalmente uma nova criatura começava a brotar de minhas mãos. Passei a me dedicar dias e noites no laboratório. E já conseguia vislumbrar o fim de tantos tormentos.

Escrevi a Henry e anunciei que em breve nos reencontraríamos para voltar a Genebra.

19. Insanidade ou libertação?

noite estava clara. Exausto, resolvi descansar por alguns minutos. Espreguicei-me e decidi sair para olhar a lua cheia que iluminava até dentro do quarto. Apertei os olhos e, quando os abri, vi a sombra na parede. Tive um arrepio e meu coração falhou por um momento.

Era ele! Voltei-me para a janela e confirmei: a criatura, com um sorriso sinistro contorcendo-lhe os lábios, me espiava. Impressionante, mas ele havia me seguido por tantos meses, em tantas viagens, e lá estava agora, espreitando pela janela, como um animal selvagem pronto para devorar sua carniça.

Por um instante, muitas imagens passaram pela minha cabeça. Imaginava se minha criatura não rejeitaria a fêmea que estava preparando. E a fêmea, estaria de acordo com o pacto firmado antes mesmo de sua criação? Mais do que isso, o óbvio passou a atormentar minha mente: e se eles tivessem filhos, uma nova raça monstruosa se propagaria pela Terra? Talvez eu estivesse criando uma peste e amaldiçoando todo o planeta e a raça humana!

Essa ideia me deixou transtornado. Tremi de cima a baixo. Criar um novo monstro como aquele à minha janela me parecia definitivamente um ato de loucura! Foi quando, num ato insano – ou de libertação –, numa espécie de transe inconsciente, despedacei a criatura que vinha construindo!

Separei novamente cabeça, tronco e membros. Retalhei todos os órgãos com meus instrumentos. Quebrei todos os materiais do laboratório. Não sobrou nada inteiro.

O olhar atônito do monstro me assustou. Ele acabava de me ver destruir a criatura que poderia lhe trazer a felicidade que tanto buscava. E, com um uivo aterrorizante de desespero e vingança, ele atravessou a janela em minha direção. Achei que me mataria naquele instante, fazendo comigo o que eu havia feito com sua fêmea. Mas não tinha mais medo dele. Alguma coisa havia mudado dentro de mim.

— O trabalho estava quase terminado, e você o destruiu! É louco por acaso? Como pôde quebrar sua promessa? Você não imagina pelo que passei para acompanhá-lo da Suíça até aqui. Enfrentei um tormento sem tamanho, passando frio, fome... Como ousa destruir minhas esperanças?

— Quebrei minha promessa! Jamais construirei outro ser como você!

— Parece que não entendeu... Você é meu escravo. Foi você que me criou, mas sou eu o seu senhor! Esqueceu-se de que sou poderoso e posso fazer de sua vida uma desgraça sem igual? Obedeça a minhas ordens!

— Você não tem mais poder sobre mim. Não me assusta mais. Não repetirei meu erro. Não porei no mundo outra criatura como você!

O monstro viu a determinação das minhas palavras e rangeu os dentes de impotência e ódio. Irado, gritou:

— Todo homem tem alguém para compartilhar sua vida. Por que apenas eu terei de ser solitário? Você se arrependerá de todo o mal que me causou. A partir de agora, todos os seus dias serão de infelicidade e medo.

Virou-se para sair do laboratório destruído. Nesse instante, olhei para os lados em busca de uma arma. Poderia matá-lo de um só golpe... Mas ele se voltou novamente para mim, dizendo em voz baixa:

— Lembre-se: estarei com você em sua noite de núpcias.

Poucos momentos depois o vi em seu bote, cruzando as águas com a velocidade de uma flecha, perdendo-o de vista em meio às ondas.

Tudo era novamente silêncio, mas suas palavras ecoavam em meus ouvidos. Apesar disso, sentia-me vitorioso e consegui dormir.

Pela manhã, tinha de me desfazer dos pedaços de corpos e dos meus instrumentos, afinal iria me encontrar com Clerval dali a dois dias, em uma cidade próxima, para enfim voltarmos a Genebra. Juntei tudo em um grande saco, preenchendo-o com pedras. Esperei a chegada da noite, quando arrastei o saco até a praia e coloquei-o dentro do meu bote. Remei o mais longe que pude e atirei-o ao fundo das águas, sem deixar vestígios.

Sentia-me como um assassino, apesar de os pedaços de corpos já estarem mortos antes de costurá-los uns aos outros. Mas havia vislumbrado aquela criatura fêmea, e junto com ela o fim de meu tormento. Pensei: será que fiz bem em tomar essa decisão? E por um instante quis estar dentro daquele saco, fazendo daquelas águas frias do Norte da Escócia o meu próprio túmulo.

Nas horas em que passei à deriva no meio do mar, lembrei-me de como seriam meus dias dali em diante. Meu pai, Elizabeth, meu irmão Ernest, Clerval... todas as pessoas que amava estavam ameaçadas pela paixão sanguinária daquele monstro. Naquele momento, mergulhei em um delírio aterrorizador que nunca mais me deixou.

Ao retornar à praia, vi um corpo estendido sobre a areia. Não entendi de quem poderia ser. Amarrei meu bote e caminhei em direção ao cadáver. À medida que me aproximava, meu coração disparava e minhas pernas bambeavam: com as mesmas marcas de dedos gigantescos no pescoço, o corpo inerte do meu amigo Henry Clerval.

20. Minha querida Elizabeth

Acordei dentro de uma cela. Ao que tudo indica, devo ter gritado como um louco antes de desmaiar sobre o corpo de Henry. E os primeiros pescadores a aparecer pensaram que eu o tivesse matado. Felizmente, o juiz das ilhas Orkney era sensato o suficiente para notar que as marcas gigantescas no pescoço de Clerval não poderiam ter sido feitas por mim. Mas antes mesmo de sair da prisão, caí doente com uma febre insana.

Nos meus delírios, dizia que havia assassinado William, Justine e Clerval. Claro que o juiz não acreditou e, examinando meus documentos, mandou avisar meu pai, que apareceu diante de mim bastante debilitado.

— Ah, meu pai, não queria fazê-lo passar por isso... – disse eu, ao vê-lo tão fraco e derrotado. – Sei que Clerval era como se fosse um filho para o senhor. Pois saiba que era de fato um irmão meu, irmão de coração.

— Que lugar é este, meu filho? O que veio fazer neste fim de mundo frio e úmido? O que está querendo da vida, juntar-se a seu pobre irmão William?

— Até que seria uma boa ideia... – murmurei. – Mas, espere, onde está Elizabeth? E Ernest? Eles estão bem?

— Claro, Victor! E por que não estariam? E o que aconteceu com Clerval?

— Ai de mim, meu pai... Eu é que deveria estar naquele caixão!

Meu pai não entendia o que se passava comigo. E nem poderia.

Por sorte, logo fomos retirados dali e embarcamos em um navio rumo a Londres. E de lá partiríamos para Genebra, onde estava louco para chegar e proteger meu irmão e minha querida Elizabeth.

A viagem foi longa e melancólica. Eu e meu pai falávamos pouco. E minhas reflexões inquietas não me deixavam em paz. De que matéria eu seria feito, para resistir a tantos choques? E que estranha coincidência o fato de Henry resolver antecipar sua chegada e se ver frente a frente com aquele monstro! A mesma coincidência e azar de William quando brincava no bosque perto de casa...

Tivemos de fazer uma pausa de uma semana em Paris, pois minha saúde não estava das melhores. De lá, enviei uma carta a minha querida Elizabeth, antecipando um plano meu:

Minha amada,

Toda a felicidade que poderá estar reservada para mim no tempo que me resta pretendo desfrutá-la ao seu lado. A você dedicarei minha vida.

Escrevo para dizer que tenho um segredo para lhe contar, um segredo terrível. Quando revelá-lo a você, o terror irá querer se apossar de seu coração, mas você apenas ficará assombrada de saber como posso ter sobrevivido por tudo que passei. Contarei a você essa história de infortúnio e horror no dia seguinte ao nosso casamento, pois nossa confiança mútua tem de ser completa. Mas até esse dia, não mencione a ninguém a existência desse segredo. É algo que lhe peço com toda a seriedade.

Do seu amado,
U. Frankenstein

Na continuidade da viagem, prometi a meu pai que me recuperaria assim que chegasse em casa, casando-me com Elizabeth logo em seguida. Assim, tudo entraria novamente nos eixos, e, segundo ele, cessaria a cadeia de tragédias. Mas como poderia lhe dizer que essa sucessão de mortes só teria fim com a minha própria destruição?

Ao descermos da carruagem, Elizabeth correu em minha direção e me abraçou. Estava tão fraco que por pouco não caímos no chão. Ela não conseguiu disfarçar o susto que levou ao me ver em um estado quase cadavérico. Disse que cuidaria de mim e me encheu de beijos.

Ela também estava mais magra e não tinha a mesma vivacidade do passado. As minhas perdas tinham igualmente o mesmo peso para ela. E mal tínhamos tido tempo de compartilhar esse sofrimento. Desde que parti para a universidade de Ingolstadt, nossos encontros passaram a ser raros. Mas sua capacidade de me amar parecia interminável.

Fixamos a data do casamento para dali a dez dias. Ela passou a se dedicar à recuperação da minha saúde e aos preparativos da cerimônia. Mas enquanto cuidávamos do enxoval, a ameaça da criatura não saía da minha cabeça: "Estarei com você em sua noite de núpcias". Essa era minha sentença e sabia que o monstro empregaria tudo o que estivesse ao seu alcance para destruir minha felicidade.

Ninguém sabia da existência do monstro. Eu o via onipotente e invencível. Ter uma data para o meu casamento era o mesmo que saber o dia da minha morte. E depois do que havia passado, essa ideia não me assustava. Queria apenas poupar Elizabeth de qualquer sofrimento.

Passei a andar com duas pistolas e uma faca. Vivia em estado de alerta, para o caso de o monstro querer antecipar seu ataque. Na verdade, não acreditava que meu casamento pudesse ter um fim tão terrível.

A cerimônia realizou-se pela manhã e a festa transcorreu em paz por todo o dia. Elizabeth não mencionou em nenhum momento o segredo que anunciei por carta que lhe contaria. Tudo parecia correr bem. Havíamos combinado de sair de barco, após os festejos, diretamente para o balneário de Evian, às margens do lago Léman. Apenas Elizabeth e meu pai sabiam dos nossos planos, pois eu tinha a intenção de que a criatura não pudesse me seguir.

O dia estava bonito e o vento bom para a navegação. Embarcamos no meio da tarde. Esses foram os últimos momentos de minha vida em que desfrutei um pouco de felicidade. De um dos lados do lago víamos o monte Salêve, as margens agradáveis do Montalêgre, e a distância, mais alto que todo o resto, o majestoso Mont Blanc e o conjunto de montanhas nevadas à sua volta.

O vento nos levava com surpreendente leveza e rapidez. O Sol se mostrava cada vez mais baixo e as árvores tremulavam com suavidade nas margens do lago. Desembarcamos sorridentes, mas, assim que pusemos os pés em terra firme, renasceram as preocupações e os medos que em breve tomariam conta de mim para nunca mais me abandonar.

21. As garras do monstro

comodamo-nos numa estalagem onde havia poucos hóspedes. O lugar era maravilhoso, podendo-se ver o lago, os bosques e as montanhas, naquele momento já escurecidas pela noite que caía.

Assim que entramos em nosso quarto, deixei Elizabeth por alguns instantes e fui inspecionar as redondezas. Com uma pistola na mão, contornei a estalagem, caminhei pela margem do lago, espiei por entre as árvores do bosque e retornei.

O saguão estava deserto. Subi as escadas calmamente. Pensava em Elizabeth no quarto, me esperando, como havia esperado por toda a vida. Nossos destinos, selados ainda na infância, iriam, por fim, ganhar vida em forma de felicidade.

Mas, de repente, um grito. E outro mais.

Corri até o quarto e abri a porta. E tive a pior de todas as visões que tivera na vida: Elizabeth estava lá, sem vida, jogada na cama, com a cabeça caída para trás e o rosto transfigurado pela asfixia, as roupas rasgadas e os braços estirados para o lado.

Como posso ter vivido para ver uma cena dessas, para descrever a morte da pessoa mais encantadora que este mundo já conheceu? Como posso ter deixado essa sucessão de tragédias acontecer diante dos meus olhos? A marca assassina das garras do monstro estava em seu pescoço, e não havia mais respiração em seus lábios!

Com o corpo de Elizabeth nos braços, olhei para a janela e vi a veneziana aberta e a luz pálida da lua querendo invadir o quarto. E no canto da varanda... ele, a criatura, espreitando-me com um sorriso diabólico no rosto. Lancei-me em direção a ele, empunhando a pistola. Disparei, mas ele escapou, pulando de onde estava. Pude vê-lo correr como um raio e mergulhar no lago.

O disparo da pistola trouxe muita gente até o quarto. Indiquei por onde a criatura havia fugido, mas não conseguiram encontrá-lo.

Voltei ao encontro do corpo de Elizabeth. Estava atordoado, envolto numa névoa de espanto e horror. A morte de William, a execução de Justine, o assassinato de Clerval e agora o de minha mulher... Lembrei-me de meu pai e de Ernest, que podiam estar à mercê das garras do monstro. Levantei-me e corri para Genebra.

Meu pai ainda estava vivo, mas ao saber da morte de Elizabeth caiu de cama e faleceu poucos dias depois. Restavam meu irmão Ernest e eu mesmo. Foi quando tomei uma decisão: perseguiria até a morte o meu destruidor.

22. Perseguição mortal

A ideia era abandonar Genebra e a Suíça para sempre, levando o monstro que certamente me acompanharia. E em algum ponto do planeta teríamos nosso embate final.

Levantei dinheiro, vendi joias que haviam pertencido a minha mãe, e parti. Na noite em que deixei minha casa para trás, fui ao cemitério despedir-me de minha mãe, de meu irmão, de minha esposa e de meu pai. Aproximei-me dos túmulos, ajoelhei-me na grama e jurei em voz alta: "Por esta terra sagrada, juro que perseguirei o monstro que causou minha miséria, até que um de nós morra. Apenas por este motivo sigo vivo".

E como resposta, uma gargalhada e uma voz rouca e horripilante:

– Estou satisfeito, escravo. Você decidiu viver!

Corri atrás dele, até perdê-lo de vista. Mas não desisti.

Comecei a perseguição pelo rio Ródano, até alcançar o Mediterrâneo. Depois de perdê-lo por certo tempo, segui uma pista que me levou a um navio que partia para o mar Negro. Dentro do navio, não o vi escapar, mas deve ter saltado em alto-mar.

Recuperei uma pista nas estepes da Tartária e da Rússia. Sempre em seu encalço, de lá para cá já estive muito próximo dele, embora sempre escapasse de mim. Por vezes, encontrava camponeses assustados que davam notícias de seu paradeiro. Outras vezes era ele mesmo que me deixava bilhetes ou marcas com a letra "F" gravada em árvores e pedras.

Atravessei terras que jamais imaginei percorrer, enfrentei todas as provações que um viajante pode passar ao cruzar desertos gelados e países bárbaros. Não sei como sobrevivi. Mais de uma vez deixei meu corpo exausto cair em alguma planície deserta, rezando pela minha morte. Mas a sede de vingança me mantinha vivo – não tinha coragem de morrer e deixar meu inimigo vivo.

O ódio me conservava alerta. Eu o exercitava a cada instante do dia. Meu espírito só descansava durante o sono: nos meus sonhos, conversava com meus mortos, que sempre se mostravam felizes. Não fosse isso, certamente já teria enlouquecido.

Uma das últimas inscrições que meu inimigo deixou para mim dizia: "Prepare-se! Sua viagem mal começou. Envolva-se em peles e arranje provisões. Vamos para os gelos do mar do Norte, onde você conhecerá o verdadeiro frio, ao qual sou imune. Nosso fim está próximo".

Algumas semanas antes eu havia conseguido um trenó com cachorros e assim vinha atravessando a neve numa velocidade inacreditável. Sabia que ele também deveria ter os mesmos recursos. E temia não alcançá-lo antes de chegarmos ao gelo montanhoso do oceano, em meio a um frio que poucos homens são capazes de suportar.

Minha coragem e perseverança eram imbatíveis, mas minha saúde começava a dar sinais de que o pior se aproximava. Mares congelados surgiam à minha frente. De tempos em tempos encontrava algum andarilho que me dava notícias de um gigante que havia passado por ele. Sabia inclusive que havia saqueado armas de um grupo.

Devo ter levado cerca de três ou quatro semanas neste inferno gelado. Dois dos meus cachorros morreram pelo caminho. Mas eu persistia. Desamarrava o animal morto, alimentava os demais e continuava a perseguição.

Pouco antes de ser resgatado pelo Prometheu, capitão Walton, estava quase cego, por causa do reflexo constante do gelo em meus olhos. Ainda assim, eu o vi em meio a esta imensidão branca em que nos encontramos. As lágrimas correram de emoção. E quando o nosso fim parecia mais próximo do que nunca, o mar se revoltou sob meus pés, trincando o gelo como se estivesse dentro de um trovão. De repente, *icebergs* surgiram em minha volta, trazendo à tona a água do mar, elevando-se em grandes ondas.

Minha última lembrança, capitão, foi de que havia perdido meu inimigo para sempre. Por isso lhe peço: jure que não o deixará escapar, que você irá encontrá-lo e perpetuar a minha vingança, matando-o.

23. Diário do capitão Robert Walton

9 DE SETEMBRO DE 1796

Ouvi a estranha e terrível história de Victor Frankenstein com muita dor no coração. E um grande lamento por não ter desfrutado da amizade desse homem durante sua nobre vida. Mas ao menos tive o privilégio de ser seu amigo por alguns dias, e justamente num momento de grande solidão.

Suas últimas palavras, pronunciadas ontem à tarde, foram de otimismo. Disse-me que sua morte faria com que a existência da criatura deixasse de ter sentido. E que com isso certamente a série de crimes terminaria.

Meu amigo morreu há poucas horas e...

12 DE SETEMBRO DE 1796

Interrompi a escritura deste diário por um motivo fabuloso e ao mesmo tempo aterrador. No último dia 9, por volta do meio-dia, o gelo começou a se mover. Estrondos como os de muitos trovões se ouviam a distância, enquanto as ilhas de gelo se rachavam e se fragmentavam por todos os lados. A situação era de extremo perigo, mas restava-nos a passividade – esperar e torcer para que a sorte estivesse ao nosso lado.

Poucas horas depois, a tripulação estava incontida, dando gritos de alegria, comemorando nossa libertação. As duas enormes montanhas de gelo que aprisionavam o Prometheu estavam se movendo para longe do navio. Estávamos agora liberados para seguir viagem rumo ao polo Norte, arriscando definitivamente nossas vidas, ou retornar a Londres, reconhecendo nosso fracasso.

O drama para mim era: com meu amigo Victor Frankenstein morto, e tendo eu jurado a ele que o vingaria, matando sua monstruosa criatura, o que me restava fazer? Por outro lado, antes de morrer, disse que sentia-se aliviado e sem ódio no coração, dando a entender que o fracasso a ele mesmo pertencia, por não ter conseguido destruir sua criatura... Será que posso me sentir liberado do meu juramento?

Na dúvida, desci à cabine para velar o seu corpo. Passava de meia-noite. Quando abri a porta, tremi de alto a baixo. Não encontro palavras para descrever a figura que estava sentada ao lado do corpo do meu amigo. Tinha estatura gigante, mas proporções estranhas e disformes. Apesar de Victor Frankenstein ter descrito com detalhes repulsivos toda a sua aparência, ao vivo era ainda mais aterrador, horripilante, assustador... Mesmo assim, encarei-o com coragem.

— Por acaso eu o convidei para embarcar em meu navio? Pensa que pode sair da escuridão e invadir minha casa?

— Vejo que sabe quem eu sou, senão não olharia para mim com esse olhar assustado e de repulsa. Mas percebo que é também um olhar compassivo. E isso é bom sinal, pois mostra que meu criador deve ter me aceitado antes de morrer. Ou talvez seja confortável para mim acreditar nisso – dizia ele, enquanto passava as mãos sobre o rosto de Victor, num gesto de extremo carinho.

Seu rosto e seus braços eram cobertos de cicatrizes, marcas das costuras feitas pelo seu criador. Ele me olhou do fundo de seus olhos tristes e, com uma voz rouca e tranquila, avisou:

— Não tenha medo, senhor. Victor Frankenstein é minha última vítima. Com sua morte, meus crimes também terminam.

E prosseguiu:

— Acha que eu iria fugir, meu pai? — disse para o seu criador. — Acha que eu o abandonaria como você me abandonou? Eu não lhe pedi muito. Nem sequer pedi que me fizesse homem com minha própria argila... Talvez eu devesse pedir perdão ao meu criador. Mas, de que valeria esse gesto agora? Arrependi-me, sim. Paguei por meus crimes à medida que os cometia.

— De que forma? — perguntei.

— A morte nos olhos do garoto William não sai da minha mente. Os gritos de Clerval não foram exatamente música para meus ouvidos... E teria encerrado ali a minha vingança, mas Frankenstein teve o atrevimento de querer ser feliz com sua amada Elizabeth.

— Mas você a estrangulou sem piedade, de forma monstruosa!

— Como ele poderia ter para si os prazeres e as paixões que me eram proibidos? Permiti que casasse, mas reservei o pior para a sua noite de núpcias... E ele não poderia dizer que não o avisei! Ao matar sua noiva, eu já não sofria. Tudo já estava perdido, e por escolha dele.

Fez uma pausa. Uma lágrima escorreu por seu rosto deformado. E num misto de júbilo e desgosto, pronunciou:

— Só faltava o ato supremo: a criatura destruir seu criador. E isso agora está feito!

— E o que ganhou com isso, além de mais destruição?

— Eu o destruí, o senhor tem razão. Mas não consegui satisfazer meus desejos de afeto e companheirismo. Amei sem ser amado. Entreguei-me e fui escorraçado. Por isso sou um miserável capricho do destino.

Neste momento, meus homens entraram na cabine. Pedi que não reagissem. A criatura agradeceu minha tolerância. E pronunciou suas últimas palavras:

– Minha obra está quase completa. Para selar meu destino, falta apenas uma morte. Mas não é a sua, capitão, nem a de qualquer outro homem aqui presente. Dentro de alguns minutos sairei de seu navio e, na jangada de gelo que me espera lá fora, irei para o extremo norte do globo. Lá construirei minha pira funerária e me deitarei nela. Minha carne maldita irá agonizar entre as chamas e minhas cinzas se perderão pelos mares levadas pelo vento. E eu não terei sido nada. E nunca mais verei o sol ou as estrelas. Essa será a minha felicidade. Mas meu espírito dormirá em paz! Adeus!

Assim que se despediu, pegou uma tocha, abriu a janela da cabine e pulou para uma pedra de gelo que realmente estava junto ao Prometheu. E logo as ondas o levaram para longe, fazendo-o perder-se na escuridão da noite.

O universo de
FRANKENSTEIN

No mapa ao lado, podemos acompanhar os itinerários percorridos por Victor Frankenstein e sua criatura:

- de Genebra à importante Universidade de Ingolstadt, na Alemanha, onde o cientista realiza suas experiências na primeira parte da história;

- de Genebra à Inglaterra e às remotas Ilhas Orkney (ou Órcadas), no norte da Escócia, quando Victor concorda em criar uma companheira para sua criatura;

- também está representada a perseguição que Victor empreende à criatura na parte final do livro, e que culmina próximo ao polo Norte.

Um ano sem verão

Em 1815, o vulcão Tambora explodiu, numa ilha da Indonésia, causando a maior erupção de que se tem notícia. A nuvem de detritos vulcânicos lançada na atmosfera foi tão intensa que diminuiu a entrada de luz e calor solar na Terra. Por isso, o ano seguinte foi atípico. Notícias de várias partes do hemisfério norte falavam de geadas e nevascas, em países europeus, em pleno mês de julho: 1816 passou para a história da Europa como o "ano sem verão". Curiosamente, a erupção do Tambora acabou tendo um efeito inesperado, influindo na criação de um dos maiores sucessos literários de todos os tempos.

Naquele estranho verão de 1816, o jovem poeta inglês Percy Shelley (1792-1822) e sua amante e futura esposa, Mary W. Godwin (1797-1851), foram visitar o também poeta Lord Byron (1788-1824), que passava uma temporada no Lago Léman, próximo a Genebra, na Suíça. Planejavam velejar no lago e cavalgar pelos campos. No entanto, por causa do frio e da chuva incomuns, os amigos não tinham muito que fazer – a não ser ler contos de terror ao lado da lareira. Inspirado pela leitura de um livro de fantasmas francês chamado *Fantasmagoriana*, o grupo decidiu promover um concurso literário de histórias desse gênero. A competição não foi em frente, pois Byron e Percy abandonaram seus projetos pouco depois de começarem, mas Mary, então com apenas dezenove anos, acabou por criar um dos mais famosos romances já publicados, *Frankenstein*, ou o *Prometeu Moderno*, considerado por muitos estudiosos o primeiro romance de ficção científica.

Inspiração

A inspiração para o romance de Mary veio na forma de sonho, ou melhor, de pesadelo. Certa noite daquele verão frio, ela ouviu uma conversa entre Percy, Byron e o médico John William Polidori sobre as experiências do anatomista italiano Luigi Galvani. No final do século XVIII, esse cientista descobriu que pernas dissecadas de rã se contraíam involuntariamente ao serem submetidas à corrente elétrica.

A informação teve um tremendo impacto na mente de Mary. Conforme registrou em seu diário, naquela mesma noite, ela viu em seu sonho "um pálido estudante das artes ocultas ajoelhado ao lado da coisa que construíra; vi o horrível cadáver de um homem deitado que, sob a ação de alguma máquina poderosa, dava sinais de vida, mexendo-se de maneira inquieta, movendo-se como se estivesse apenas semivivo". O pesadelo foi tão assustador que Mary pensou: "O que tanto me aterrorizou certamente irá também amedrontar os outros. Preciso apenas descrever esse espectro". E foi o que ela fez. Na primavera de 1817, Mary, já casada com Percy, concluiu seu *Frankenstein*.

Um livro anônimo

ILUSTRAÇÃO DE THEODOR M. HOLST/ COLEÇÃO PARTICULAR/ BRIDGEMAN-KEYSTONE

Ilustração de miolo para edição de 1831 de *Frankenstein*, tida como a "definitiva".

Frankenstein, ou o *Prometeu Moderno*, foi publicado pela primeira vez em 1º de janeiro de 1818. O livro havia sido rejeitado pelos editores de Percy Shelley e de Byron, que já eram escritores reconhecidos, mas acabou saindo por uma pequena editora de Londres. Essa primeira edição era anônima e teve uma tiragem de apenas quinhentas cópias.

A crítica literária da época não recebeu bem o livro. Uma importante publicação declarou que *Frankenstein* era "composto de absurdos horríveis e repugnantes". Apesar da fúria dos críticos, o romance se tornou um sucesso popular, especialmente por conta das adaptações teatrais que surgiram. Uma tradução francesa foi lançada em 1821, e dois anos depois a segunda edição inglesa era publicada, dessa vez com o nome de Mary Shelley como autora. Em 1831, saiu a terceira edição, trazendo a versão considerada definitiva de *Frankenstein*, bastante modificada por Mary. No novo prefácio assinado pela autora, ela contava a história da criação do romance.

O Prometeu Moderno

Mary Shelley deu um subtítulo ao seu *Frankenstein*: o Prometeu Moderno. Mas apesar de as edições atuais tenderem a suprimir esse subtítulo, ele é uma boa pista para se entender uma das mensagens centrais da história de Victor Frankenstein, o cientista que conseguiu devolver a vida à matéria morta. Na verdade, a referência a Prometeu é tão importante que ela foi destacada nesta adaptação como o nome do navio do capitão Robert Walton, que resgata Frankenstein no Ártico.

Na mitologia grega, Prometeu foi o titã que criou a humanidade. Depois disso, para beneficiar sua criação, Prometeu roubou o fogo dos deuses do Olimpo e o entregou aos homens. Com o fogo, os humanos conquistaram um poder reservado aos imortais e se tornaram quase tão poderosos quanto os deuses. Por isso, Zeus, o deus supremo dos antigos gregos, castigou cruelmente Prometeu. Acorrentando o titã a uma rocha, condenou-o a ter seu fígado devorado por um abutre durante toda a eternidade. Depois, foi a vez dos homens. Para abrandar a arrogância dos mortais, Zeus criou a primeira mulher, Pandora, e deu a ela uma caixa que continha todos os males do mundo. Pandora foi viver entre os homens, que, curiosos, abriram a caixa e libertaram sua própria maldição.

Como Prometeu, Victor Frankenstein também foi o criador de uma nova raça e, como o titã, sua intenção ao buscar conquistar a imortalidade era a de beneficiar a humanidade. No entanto, ao criar vida a partir da morte, Victor desafiou as leis da natureza (isto é, os deuses), gerando desgraça para si e para seus semelhantes – ou seja, abriu sua própria caixa de Pandora. Com Frankenstein, Mary Shelley alertava sobre as consequências da aplicação indevida da ciência. Mary profetizava que se a humanidade desafiasse os mistérios da vida e da morte com sua ciência, ela desencadearia o mal em seu mundo.

Criador e criatura

A criatura que Victor Frankenstein traz à vida não é originalmente má. "Eu era bom e meu coração transbordava de amor", diz ele a Frankenstein. Tudo que ele quer é amar e ser amado, mas acaba se tornando vingativo e cruel depois de ter sido rejeitado por seu próprio criador e por todas as pessoas que encontrou. Parte dessa rejeição fica clara pelo fato de Victor não ter dado um nome à sua criação. Ele se refere ao resultado de seus experimentos como "monstro", "abominável criatura", "demônio". Apesar disso, as pessoas que não leram o livro tendem a dar o nome do criador à criatura. Isso aconteceu principalmente depois do lançamento, em 1931, do filme *Frankenstein*, do diretor James Whale. Alguns críticos literários, porém, não acham que chamar o monstro pelo nome do seu criador seja totalmente incorreto. Eles dizem que Victor Frankenstein e sua criatura são, na verdade, *Doppelgänger*, isto é, duplos um do outro. A ideia do *Doppelgänger* é a de que todo mundo tem um duplo idêntico, exceto pelo fato de que os impulsos violentos que as pessoas civilizadas procuram controlar estão no seu "duplo". O duplo representa polos opostos que não podem ser conciliados e que acabam por destruir um ao outro – como Victor Frankenstein e sua criatura. Esse conceito de duplo aparece em outras obras do romantismo – o movimento artístico ao qual o livro de Mary Shelley pertence –, como *O retrato de Dorian Gray*, de Oscar Wilde, ou *O médico e o monstro*, de Robert Louis Stevenson.

Um ícone ocidental

A criatura concebida por Victor Frankenstein se tornou um ícone do imaginário ocidental. Logo após o lançamento do livro de Mary Shelley, começaram a surgir adaptações teatrais. Mas foi o filme *Frankenstein* (1931), do diretor James Whale, que imortalizou a história para as gerações modernas. Aqui, o ator Boris Karloff conferiu o visual mais conhecido do monstro de Frankenstein, com a cabeça chata e parafusos no pescoço. Depois do filme, a criatura passou a ser identificada com o nome do seu criador e invadiu diversas mídias – até quadrinhos infantis, como a personagem Frank, de Mauricio de Sousa.

Duas adaptações recentes para o cinema, ambas intituladas *Frankenstein*, são versões bastante instigantes do texto de Mary Shelley: a do diretor irlandês Kenneth Branagth (1994) e a de Kevin Connor (2004). A versão de Connor, mais próxima da história original, destaca o papel do capitão Robert Walton.

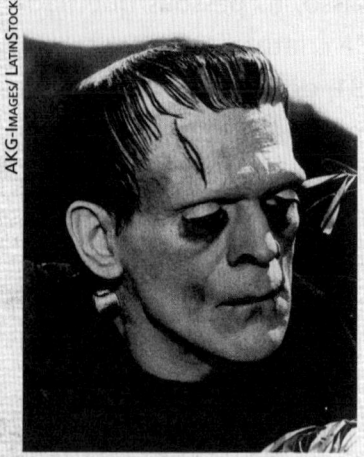

O ator Boris Karloff como a criatura de Frankenstein, na adaptação de 1931.

Capa do DVD da primeira adaptação para cinema, 1931.

Ao lado, Robert De Niro como a criatura e seu criador, Victor Frankenstein, interpretado por Kenneth Branagth na adaptação de 1994.

DRÁCULA *versus* FRANKENSTEIN

O escritor irlandês Bram Stocker (1847-1912) criou o vampiro mais popular de todos os tempos, o sanguinário conde Drácula. Mas se o personagem Drácula só apareceu anos depois do romance de Mary Shelley, o gênero "vampiro" surgiu, segundo alguns estudiosos, ao mesmo tempo que a criatura de Victor Frankenstein. É que, para o concurso literário de histórias de terror, Lord Byron escreveu um pequeno texto baseado nas lendas de vampiro que havia ouvido durante uma viagem aos Bálcãs – a "terra" dos vampiros. A partir disso, o médico e amigo de Byron, John William Polidori, criou o primeiro conto de vampiro que se conhece, publicado em 1819 e intitulado apropriadamente de *O Vampiro*.

Ídolos

No romance de Mary Shelley, Victor Frankenstein estudou a obra de antigos alquimistas medievais para poder ressuscitar matéria morta. Os alquimistas são os "avós" dos cientistas modernos. Seu maior objetivo era transformar chumbo em ouro. Acreditava-se que, com seu conhecimento das propriedades dos metais, os alquimistas faziam coisas fantásticas. Dizem que alguns deles criavam homúnculos para servi-los. Três dos mais famosos alquimistas são mencionados por Mary Shelley como fonte de inspiração do doutor Frankenstein.

A Renascença, período que vai do século XIII ao XVI, assistiu ao auge dos alquimistas. As investigações sobre a combinação de mago medieval com cientista moderno impulsionaram a ciência com uma velocidade tremenda, ajudando a desenvolver a química e a medicina. Alquimistas como Paracelso, por exemplo, começaram a tratar as doenças com remédios derivados de produtos químicos, como fazemos até hoje. Antes dele, os tratamentos médicos eram primitivos e baseados em superstições. As poucas cirurgias praticadas eram trepanações – um procedimento que consiste em retirar um pequeno pedaço de osso do crânio, muito comum no Egito antigo. A ilustração mostra um cirurgião do século XVI praticando a trepanação. O detalhe do gato comendo o rato, à direita, retrata as condições precárias em que as cirurgias eram praticadas na época. (*Cirurgia universale e perfeitta*, de Giovanni Andrea Della Croce, 1583.)

Albertus Magnus

Albertus Magnus (1193?-1280), na verdade São Alberto, o Grande, não foi um alquimista, mas um santo católico. Ele é venerado como um doutor da Igreja, uma honra reservada a apenas 33 homens e mulheres. Alberto foi o autor mais lido e influente do seu tempo. Por isso, muitos escritores atribuíam a autoria de seus livros, vários deles sobre ocultismo e alquimia, a Alberto. Assim, muitas lendas surgiram em torno dele. Algumas dessas histórias diziam que Alberto era um mago e um alquimista; outras, que havia criado para si um homúnculo, isto é, um ser semi-humano, para servi-lo.

Albertus Magnus.

Paracelso

O alquimista, médico, astrólogo e ocultista suíço Philippus Theophrastus Aureolus Bombastus von Hohenheim (1493-1541) tinha tanto orgulho do seu conhecimento que mudou seu nome para Paracelso, ou seja, "superior ou igual a Celso", um enciclopedista romano do primeiro século depois de Cristo, autor de um importante tratado médico. As pesquisas de Paracelso o levaram a uma conclusão que revolucionou a medicina. Ele foi o primeiro a declarar que certas doenças podiam ser curadas por meio de substâncias químicas. Por isso, é às vezes chamado de Pai da Toxicologia.

Paracelso.

Cornélio Agrippa

Entre os feitos do mago, escritor, astrólogo e alquimista alemão Henrich Cornélio Agrippa (1486-1535) está o fato de ele ter escrito um dos mais influentes livros sobre ocultismo do período renascentista. Como não podia deixar de acontecer com uma figura misteriosa como Agrippa, depois de sua morte surgiram muitos boatos a seu respeito. O mais famoso deles afirmava que, quando estava morrendo, Agrippa liberou um cão negro. Essa aparição veio a figurar em histórias de diversos autores. A própria Mary Shelley cita Agrippa mais de uma vez em suas tramas. Além de mencioná-lo em *Frankenstein*, ela insere o alquimista em seu conto *O imortal mortal*.

Mais recentemente, Agrippa também aparece na série Harry Potter. Em *A pedra filosofal*, ele é um dos cromos do álbum de figurinhas de Harry, e em *O prisioneiro de Azkaban*, o cão negro da história é uma alusão direta ao animal que o mago teria liberado ao morrer.

Cornélio Agrippa.

Mary Shelley

A vida da autora de *Frankenstein* parece um romance. E dos trágicos. Mary Wollstonecraft Godwin (1797-1851) era filha de dois célebres e revolucionários intelectuais: o filósofo, novelista e jornalista William Godwin e a feminista, educadora e escritora Mary Wollstonecraft. A mãe de Mary morreu poucos dias depois do parto, mas a influência do seu pensamento e dos seus escritos marcou a filha durante a vida toda.

Mary Shelley aos 43 anos (1840), retrato de Richard Rothwell.

A infância da menina lembra a de Cinderela: vendo-se incapaz de criar Mary e sua meia-irmã mais velha, Godwin se casou de novo com uma viúva, Mary Jane Clairmont. A madrasta, enciumada da atenção que Godwin dedicava à filha, obrigava Mary a fazer tarefas pesadas na casa, invadia sua privacidade e procurava afastá-la do pai. Além disso, impediu que Mary tivesse uma educação formal, apesar de enviar sua própria filha, Jane Clairmont, a uma escola particular. Foi Godwin quem educou Mary e permitiu a ela livre acesso à sua biblioteca. Godwin, que tinha uma editora, também estimulava Mary a escrever. Uma das histórias da menina, *Mounseer Nongtonpaw*, foi publicada pela editora do pai quando Mary tinha apenas onze anos.

Em sua adolescência, a situação entre ela e a madrasta acabou ficando tão insustentável que Mary foi morar com a família de um amigo de Godwin, na Escócia. Ao voltar para casa, em 1814, conheceu um novo e dedicado discípulo de seu pai, Percy Shelley. Além de seguir e divulgar as doutrinas de Godwin, Shelley, o rico filho de um nobre, estava ajudando-o financeiramente. A atração entre ele e Mary foi imediata e, apesar de Percy já ser casado, não demorou muito para que se tornassem amantes. Ao descobrir o romance, Godwin demonstrou não ser assim tão liberal quanto parecia. Suas ideias sobre amor livre certamente não se estendiam à própria filha. Assim, ele proibiu Mary de ver Percy, apesar de continuar recebendo ajuda financeira deste. O pai de Percy também não gostou da ideia e ameaçou deserdar o filho se ele não voltasse para sua esposa, Harriet Shelley. Então, os amantes fugiram da Inglaterra, passando por muitas dificuldades financeiras.

Durante a viagem, o casal foi visitar Lord Byron, na Suíça, quando Mary começou a escrever *Frankenstein*. Como muitos estudiosos percebem, a história do cientista e de sua aterrorizante criatura está tão repleta de tristeza e morte quanto a própria vida de Mary. Enquanto escrevia o livro, sua irmã mais velha, Fanny Imlay, e a primeira esposa de Percy, Harriet, suicidaram-se. Com a morte de Harriet, Mary e Percy puderam finalmente se casar. Mas o drama que caracterizou sua união estava longe de chegar ao fim. Dos quatro filhos que Mary teve com Percy, apenas um sobreviveu. E em 1822, um ano após a publicação anônima de *Frankenstein* e cinco anos depois de terem se casado, Percy morreu afogado em um naufrágio na Itália.

Mary Shelley nunca mais se casou. Continuou a se dedicar à literatura e a divulgar a obra literária de Percy. Além de *Frankenstein*, Mary escreveu mais seis romances, livros de viagem e editou a obra do marido, além de contribuir com artigos para várias publicações. Morreu em 1851, aos 53 anos, de tumor cerebral.

Márcia Leite

Arquivo pessoal

Quem adaptou Frankenstein?

Tenho duas atividades profissionais: editor e escritor de literatura infantil e juvenil. Como escritor, já publiquei cerca de 30 livros, metade deles adaptações de clássicos da literatura universal, como este Frankenstein, considerado o primeiro livro de ficção científica e talvez o maior romance de terror de todos os tempos.

Ao escrever esta nova adaptação, senti-me um pouco como um criador gerando uma nova criatura. Na história criada por Mary Shelley, o cientista Victor Frankenstein busca conquistar a imortalidade criando vida a partir da morte, assim como os escritores estão sempre em busca de novas histórias que ajudem as pessoas a se conhecer melhor, a descobrir o mundo e a transformá-lo.

Frankenstein encontrou seu espaço definitivo na vida literária, provocando muitas reflexões essenciais, como a relação entre criador e criatura, a ascensão e queda de um homem, o poder da humanidade sobre a natureza, o valor da amizade, e muitas outras. Todas essas questões vêm à luz pelas vozes de três narradores: o destemido capitão Walton, o perseverante cientista-criador Victor Frankenstein, que narra a história de sua vida; e a doce e infeliz criatura, que revela seu infortúnio sem escolhas – todos lutando contra impiedosos destinos.

No meu ofício de escritor e adaptador, vejo-me sempre tendo de fazer escolhas, como definir o melhor foco narrativo, as personagens que ganharão maior destaque, o tom mais adequado para contar determinada história... Nesta adaptação, acredito que a essência da obra foi mantida, na integridade dos acontecimentos, nas características de seus personagens, no estilo da autora.

Quem ilustrou Frankenstein?

Todo ilustrador tem seus livros especiais e à medida em que ilustramos muitos desses sonhos vão se realizando. Porém, alguns parecem que nunca vão acontecer. No meu caso era o Frankenstein. Desde que li essa obra-prima tive vontade de ilustrá-lo, pois tudo nele é interessante, as condições em que foi escrito, o universo que o envolve e também por antecipar o perigo representado por meio das criações da Ciência que podem fugir ao controle do Homem.

E justamente por Frankenstein ser uma obra clássica – com versões que muitas vezes fogem do seu contexto original – procurei evitar tais referências. Simplesmente mergulhei nos elementos básicos do livro: o ódio e a solidão da criatura; busquei captar o horror da vingança cruel, mas evitei ser explícito. Para isso, deixei de lado os manuais científicos, os Atlas de anatomia, os instrumentos cirúrgicos e mergulhei num universo sombrio, trágico, mas com certeza fascinante, para realizar um daqueles desejos especiais que ainda faltavam na minha trajetória. E valeu a pena.

Este livro foi composto utilizando-se as fontes
PerryGothic, Amazone BT, Adobe Garamond e
KellyAnnGothic, no formato 16 x 23
centímetros. O miolo foi impresso em papel
pólen, de 80 g/m², com a capa em papel
cartão, de 250 g/m², para a Editora DCL.